शृंखलित

श्रृंखलित

महाश्वेता देवी

अनुवाद

सुशील गुप्ता

वाणी प्रकाशन

वाणी प्रकाशन

4695, 21-ए, दरियागंज, नयी दिल्ली 110 002

शाखा

अशोक राजपथ, पटना 800 004

फ़ोन : +91 11 23273167 फ़ैक्स : +91 11 23275710

www.vaniprakashan.in
vaniprakashan@gmail.com
sales@vaniprakashan.in

SHRINKHALIT
by Mahashweta Devi
Translated by Sushil Gupta

ISBN : 978-93-86799-62-3
Novel

प्रथम संस्करण

मूल्य : ₹ 295

सिटी प्रेस, दिल्ली-110 095 में मुद्रित

वाणी प्रकाशन का लोगो मक़बूल फ़िदा हुसेन की कूची से

एक

आज भोर-भोर ही विनय, भुवनेश्वरी के कमरे में दाखिल हुए। भुवनेश्वरी का कमरा अँधेरा ही रखा जाता है। इधर कुछ अर्से से रोशनी उनकी आँखों से बर्दाश्त ही नहीं होती। सिर में तीखा दर्द होता रहता है। रीढ़ की हड्डी में जब कैंसर रोग का पता चला, तब और कुछ करने को नहीं था। इसके बावजूद कई बार अस्पताल आना-जाना पड़ा। अन्त में भुवनेश्वरी ने खुद ही जाने में अनच्छिा जतायी। वे अस्पताल जाना ही नहीं चाहती थीं। विनय भी अब, अपनी माँ को अपने से दूर नहीं रखना चाहते थे। अब, वे बचेंगी तो हैं नहीं! बेहद कम-सी उम्र रह गयी है! अनिश्चित उम्र है। अब व्यर्थ की खींच-तान क्यों की जाए?

भुवनेश्वरी भी जानती हैं कि बेहद कम और अनिश्चित उम्र रह गयी है। लेकिन उनके करीब बैठने या बातचीत करने से यह बिल्कुल अहसास नहीं होता है कि वे जानती हैं। वे रेडियो पर ख़बरें सुनती हैं; नीता नियमित रूप से आकर अख़बार, किताबें पढ़कर सुना जाती है। पुराने दिनों के परिचित लोग आते थे, वे उनलोगों से गपशप करती थीं। गृहस्थी की खोज-ख़बर

वे ख़ास नहीं लेती थीं। वैसे भी भुवनेश्वरी किसी दिन भी खास गृहस्थिन नहीं थीं। उनका मन ज्यादातर और तरफ लगा रहता था। ख़बरें सुनना भी एक अभ्यास मात्र था।

रेडियो पर यह ख़बर भुवनेश्वरी ने ही आगे सुनी। यह भी बेहद आश्चर्य की बात थी। उन्होंने ख़बर सुनी, घण्टी बजायी, नौकरानी को बुलाया।

उन्होंने हुक्म दिया, "नीचे जाओ, रमा को बुला लाओ।"

रमा विनय की पुत्रवधू थी। भुवनेश्वरी की नतिया-पतोह!

रमा जैसे ही कमरे में दाखिल हुई, भुवनेश्वरी ने छूटते ही कहा, "रेडियो में क्या तो सुना। लगा, कोई बूबी का नाम ले रहा था। उसके यहाँ एक फोन तो करना।"

"बूबू? हमारी, बूबी?"

"यही तो लगा।"

"कौन-सी ख़बर? कैसी ख़बर?"

भुवनेश्वरी एकाध पल ख़ामोश रहीं।

थोड़ा ठहरकर उन्होंने कहा, "जल गयी थी। अस्पताल में दम तोड़ दिया।"

रमा ऐसी महिला थी, जो पलटकर कभी सवाल नहीं करती थी। उसे जब, जो निर्देश देता था, वह करती रहती थी।

अभी तक वह स्कूल की सहकर्मिणी से उधार लायी हुई नोटबुक देख-देखकर केक बना रही थी, जो धीर-स्थिर मन से माप-जोखकर किया जानेवाला काम था।

भुवनेश्वरी की दी हुई ख़बर, जीवन के दैनिक कामकाज विकल कर देनेवाली ख़बर थी। ऐसी ख़बरों से घर की चारदीवारी उड़ जाती है, कमरे में आँधी-तूफान घुस आता है।

रमा ने सिर हिलाकर कहा, "जी, अच्छा!"

वह फोन करने चली गयी।

फोन उसने बूबू के घर नहीं किया, अपने पति के दफ़्तर में किया।

शुभ्र ने कहा, "देखता हूँ! तुम, बस, उधर सम्हालो।"

इस घर की दुलारी छोटी बेटी का मृत्यु-संवाद इसी ढंग से इस घर में पहुँचा। अठारह दिन पहले! छोटी बेटी क्यों? एकमात्र बेटी कहना चाहिए,

क्योंकि बूबू की दीदी, सूबू हालाँकि सफेद साड़ी-ब्लाउज पहनकर, हर रोज नर्सिंग होम जाती थी, चेम्बर जाती थी, मरीज़ देखती थी, परिवार परिकल्पना के बारे में सेमिनार करती थी, गाड़ी ड्राइव करके अपने बाल-बच्चों को स्कूल पहुँचाती थी, बाज़ार जाती थी–फिर भी, वह इस घर के लिए मृत थी। उसकी तस्वीर इस घर में, सिर्फ भुवनेश्वरी के कमरे के अलावा, अन्य किसी भी कमरे में नहीं थी।

विनय यह ख़बर, अपने प्रकाशक की दुकान पर बैठे-बैठे नहीं सुनी। हालाँकि बाद में उन्हें ख़बर मिली कि अख़बार के दफ़्तर से रजत ने उन्हें बार-बार फोन करने की कोशिश की थी।

विनय अत्यन्त तल्लीनभाव से असम्भव किसी जटिल विषय पर फतवा दे रहे थे। कई तरुण लेखक ध्यान से सुन रहे थे–देश में भूख-यन्त्रणा-दारिद्र्य हमेशा ही रहा है। लेकिन सिर्फ़ वही मत देखो। उसमें भी कुछ होता है; और भी कोई न कोई मामला होता है।

"जैसा कि आपने उस उपन्यास में लिखा है कि..."

"हाँ-हाँ! देखो, मैं एक बिल्कुल सच्ची घटना बताता हूँ। मेरे दोस्त ने बताया था। वे लोग किसी योजना पर काम कर रहे थे। उसने देखा, पूरे साल भर तक जिसे रुपये दिये जा रहे थे, वे रुपये खर्च करके, वे लोग दरिद्रता-सीमा से ऊपर उठने की कोशिश नहीं कर रहे थे; बकरी-मुर्गी नहीं खरीदते थे; सिर्फ खा-पीकर उड़ा देते थे।"

"अरे! महा पाजी थे!"

"नहीं, नहीं, तुम्हें समझ में ही नहीं आया। उसने दरिद्रता को कबूल कर लिया है। दरिद्रता का वह अभ्यस्त हो गया है। लेकिन रुपये पाकर उसने मांस खरीदा। सपरिवार पेट भरकर मांस खाया, दारू पी, मौज किया। मेरे लिए यह मौज-मज़ा पाने का मामला बेहद कीमती है। सोचो ज़रा!"

"हाँ, ऐसा ही होता होगा!"

"ज़रा, फुर्सत में होते हैं, तो वे लोग क्या करते हैं? वे लोग नाचते हैं...खूब नाचते हैं, समझे? और महिलाएँ? शाल-फूल लगाकर कमाल का नाचती-गाती हैं, मौज करती हैं। क्यों? अगर यह समझ लो, तो सबकुछ समझ जाओगे।"

"आपका कहना है, यही उनलोगों का दर्शन है?"

"बे-शक! उनलोगों के गाने में भी है..."

ये सब बातें कर रहे थे–विनय सेन! जिसका नाम उनके पिता ने किसी कारणवश, परमेश्वर सेन रखा था और जिस नाम को बाद में उन्होंने खुद ही बदलकर, विनय सेन कर लिया था। वही विनय सेन लेखक के तौर पर अब विख्यात नाम है! लड़के मुग्ध होकर उन्हें सुन रहे थे।

ये तमाम बातें विनय ने अपनी यादों की कड़वाहट मिटाने के लिए कही थीं, यह भी वे जानते थे। ठीक इसी प्रसंग, इसी विषय को लेकर उनके मन में एक कड़वाहट मौजूद है। इसी तरह तल्लीनता से, वे किसी मीटिंग में बोल रहे थे, और एक सन्थाल शिक्षको ने उसके जवाब में ढेरों बात कही थीं और उसके मन में कड़वाहट भर दी थी। इसीलिए आदिवासियों के बारे में कौन-सी श्रेष्ठ व्यवस्था हो सकती है, यह बात वे आदिवासियों के सामने बिल्कुल भी नहीं छेड़ते। वैसे उनलोगों से खास कोई सम्पर्क भी नहीं है। वे कलकत्ता में, किसी और दुनिया में रहते हैं और वे लोग अन्यत्र, किसी और दुनिया में। हालाँकि, किसी एक समय...

हालाँकि जब वे ये सब बातें कह रहे थे, तब बूबू मर चुकी थी।

जब वे दोपहर को खा-पीकर लेटे थे, तब बूबू, आग की लपटों में जल रही थी।

जब वे तीन बजे चाय पी रहे थे, तब बूबू को अस्पताल ले जाया जा रहा था।

जब वे कई आज्ञाकारी, अनुगत श्रोताओं को ढेरों बातें बता रहे थे, तब बूबू ने दम तोड़ दिया था। वे ढेर-ढेर कुछ बोलते जा रहे थे। दुष्ट लोग जो बोलते हैं, क्या वह सच होता है? अपने गले की आवाज़ सुनना, क्या उन्हें इतना ही प्रिय है?

काफी-काफी बातें कहने के बाद, वे उठ खड़े हुए। घर लौटते-लौटते काफी रात हो गयी। घर का सदर दरवाज़ा खुला हुआ था। दरवाज़े के सामने ही मुनुवा की माँ बैठी हुई थी। घर की पुरानी नौकरानी। बूबू के बचपन में वही उसकी देखभाल करती थी। वे उसे चिरकाल मुनुवा की माँ कहकर ही पुकारते आये और कितनी अद्भुत बात है कि जो औरत पिछले सत्ताईस वर्षों

से उन्हें सुबह की चाय देती थी, बिस्तर ठीक करती थी, वह भी सविता के मन मुताबिक सलवटहीन ढंग से, क्योंकि धुले हुए कपड़े तहाना और सुबह बिस्तर दुरुस्त करना—दोनों ही बारे में सविता को असम्भव ख़ब्त थी—उसी इनसान का नाम भी अब तक नहीं जाना!

मुनुवा की माँ को यूँ बैठे हुए देखकर विनय को पहला ख़्याल यही आया—"तो क्या माँ?..."

लेकिन मुनुवा की माँ हाहाकार करती हुई रो उठी, "बूबू अब नहीं रही, बाबू—तुम अबहीं अस्पताल जाओ! दादा पुलुस लै आये हैं। महाकाण्ड हो गया है, बाबू! बीजी जाने को कह गये हैं।"

शुभ्र पुलिस ले आया था। बहुत-बहुत बातें हैं। सबकुछ जैसे अवास्तविक! घोर अवास्तविक! किसी और के जीवन में घटा है! पुलिस! उस समय विनय के छोटे भाई, उसके ससुर, शुभ्र का साला—सबने काफी मदद की। इसीलिए बूबू की तस्वीर उतरवायी गयी। अगर तफ़्तीश न की जाती, तो यह पता ही नहीं चलता कि बूबू को बायीं तरफ की नस पर किसी भोथरे और भारी चीज से प्रचण्ड आघात भी किया गया था।

सम्पर्क करके, पुलिस के ही जरिये केस दायर कराया गया था।

इसीलिए बूबू का पति और सास, पुलिसिया हवालात में की जाती हुई जिरह से बेहाल हो रहे थे।

अठारह दिन गुज़र गये। अभी भी सारा मामला बेहद अवास्तविक लग रहा था। बूबू अब नहीं रही; कहीं नहीं रही, रेडियो पर उसकी आवाज़ कभी सुनाई नहीं देगी। बूबू विनय सेन की बेटी हो सकती है; राजनीतिक नेता और साहित्यकार, प्रकाशक, सम्पादक, उसके 'काका' या 'जेठू' सम्बोधन के पात्र हो सकते हैं; रवीन्द्र संगीत की दुनिया में वह एक प्रिय नाम हो सकती है। लेकिन बूबू को भी ससुराल में इस ढंग से जलकर जान देनी पड़ती है।

अतनु बेहद क्षमाहीन नज़रों से उनकी तरफ देखता हुआ, उनकी बातें सुनता रहा। भिलाई से आकर, कलकत्ता होते हुए, दिल्ली जाने की राह में, ज़रा देर के लिए अतनु आया था।

"बूबू...!"

"सुना है सब!"

"कहाँ?"

"सूबू से!"

"ओ!"

"और उसका बेटा?"

"उनलोगों के यहाँ!"

"केस का कोई नतीजा निकलेगा?"

"क्या बताऊँ, बता! यह बर्बर निष्ठुरता..."

अतनु के चेहरे पर क्षीण-सी मुस्कान झलक उठी, "एक तरह से यह बड़ा अच्छा हुआ। बूबू यह साबित कर गयी कि वह आपलोगों के घर की बेटी है।"

शोकाहत विनय को इन दिनों किसी ने भी ऐसी रूखी बात नहीं कही। विनय पर मानो चाबुक पड़ी हो। ऐसे समय में अतनु ऐसे व्यंग्य भरे लहजे में बात करेगा, ऐसी प्रत्याशा भला कौन कर सकता था?

विनय को गुस्सा चढ़ गया। भीषण गुस्सा हो सकता है अतनु और बूबू में किसी दिन, मन का समझौता हुआ हो। लेकिन वह समझौता कितना गहरा था, विनय नहीं जानता था।

"अचानक, यह बात...?"

अतनु उठ खड़ा हुआ।

उसने कहा, "सामने का वह फलक? आपकी परदीदी की सास या जाने कौन तो...यह सुरधुनी देवी? सोलह वर्ष की उम्र में सह-मृता? एक सतीश्रेष्ठ?"

"इसमें बूबू का ज़िक्र?"

"सोलह वर्ष की उम्र में कोई शौक से जल नहीं मरता। उन्हें उस समय अन्धविश्वास और संस्कारों के नाम पर...ट्रेडीशन यानी परम्परा के नाम बलि दे दी गयी। बूबू के मामले में भी आपके मन में अन्य किस्म की परम्परा काम कर रही थी, मौसा जी। हालाँकि आपने कहा था किं बूबू से मेरे विवाह में आपको कोई आपत्ति..."

"तुम्हारे मतादर्शों की वजह से!"

"और उस वक़्त भी आप जानते थे कि वह सब झूठ है! सन् सत्तर से बहत्तर! जब मेरी उम्र बाईस से चौबीस थी। मैंने सिर्फ कविताओं की एक

पत्रिका भर निकाली थी! वह तो मेरा राजनीतिक जीवन था..."

"फिर...?"

"सूबू के मामले में आप भीषण भड़क गये थे। तब उसी पुराने अधिकारबोध ने दोबारा सिर उठाया कि बूबू आपकी बेटी है और आपकी सम्पत्ति है। इसीलिए बेहद परम्पराबद्ध पिता की तरह आपने सिर्फ पैतृक सम्पत्ति देखकर ही शादी कर दी, हालाँकि अनर्जित सम्पत्ति के बारे में आपने मुझे ही ढेरों लेक्चर पिलाया।"

"बूबू ने तो एतराज नहीं किया था।"

"आपने फलक भी रख छोड़ा है और प्रगति की भी बात करते हैं, यह बड़ा गड़बड़ मामला है। बूबू ने शायद यह मान लिया था कि चूँकि सूबू की वजह से आप बेतरह आहत हो गये थे, इसलिए उसे भी सुखी नहीं होना चाहिए, बल्कि शहीद हो जाना चाहिए। यह कोई युक्तिसंगत विचारधारा नहीं थी। लेकिन बूबू तो बेहद नरम-नाजुक थी।"

"हाँ, बे-हद नरम-नाजुक थी।"

विनय रो पड़े। हाँ, बूबू काफी नरम थी। अगले ही पल उनका जी चाहा था कि वे अतनु से और ज्यादा बात करें।

"सूबू स्वेच्छा से एक काम कर बैठी थी, इसलिए बूबू स्वेच्छा से कोई काम न करे, इसलिए..." अतनु ने कहा।

"यह तुम क्या कह रहे हो? मैं क्या राक्षस हूँ?"

"आप सोच देखें! सूबू के समय...। किसी जमाने में आप प्रगतिपन्थी थे, आप उस तरह से भड़क क्यों गये?"

"तुम नहीं समझोगे।"

"उसने तो काफी कमाल की किसी कम्पनी के बक्से वाले से विवाह किया। आप नाराज़ क्यों हो गये?"

"अचानक एक झटका जो लगा..."

"अभी भी आप सच को कबूल नहीं कर पा रहे हैं?"

"क्याऽऽ?"

"अगर वह किसी नीग्रो, अंग्रेज साहब, पंजाबी, मराठी चाहे और किसी से भी ब्याह कर लेती, तो क्या आप इतने नाराज़ होते? नहीं, मौसाजी! सूबू

ने चूँकि किसी मुसलमान से शादी कर ली, इसलिए आपकी यह प्रतिक्रिया है। चलता हूँ! अब भेंट नहीं होगी, हालाँकि बूबू को आप...मैं...सच ही प्यार करते थे।"

"तुमसे विवाह कर लेती, तो बूबू आज ज़िन्दा होती। मण्टू जो एक खूनी-हत्यारा है, एक..."

"यह भी आप सही नहीं कह रहे हैं। मण्टू ने गुस्से के पलों में कुछ फेंककर मार दिया होगा या जोर से धक्का दिया होगा। उसके बाद, उसे मरी हुई मानकर..."

"रहने दो, अतनु, रहने दो।"

"अच्छा, चलता हूँ!"

अतनु इसी तरह विनय को बेचैन करके चला गया। विनय के मन में बहुतेरे सवाल बार-बार उथल-पुथल मचाते रहे। ये बातें सच हैं या झूठ? सूबू ने किसी मुसलमान से शादी कर ली, क्या इसीलिए वे नाराज़ हो गये? सूबू डॉक्टरी पढ़ रही थी। उसका भविष्य उज्ज्वल था। सच तो यह था कि उसका विदेश जाने का इन्तजाम भी पक्का हो गया था और शौकत के बारे में आपत्ति यह थी कि वे लोग सर्वथा अन्य परिवेश के जीव थे। इस किस्म की शादी का नतीजा अशुभ होगा।

सूबू बेहद अवाक् नज़रों से देखती रही। अगले ही पल, उसके चेहरे पर क्षीण-सी हँसी झलक उठी थी।

"वह तुझे करुणा दिखा रहा है।"

"करुणा?"

सूबू ने अपने माथे और गाल पर हथेली फेरी। शैशव में गर्म पानी से जल जाने की वजह से लम्बे-से सफेद दाग ने उसके कमोबेश बुद्धिदीप्त साँवले को चीर दिया था। उस दाग को लेकर किसी समय सूबू को खासी हीनमन्यता थी। सयानी होते समय वह मर्दों से मेलजोल रखना ही नहीं चाहती थी। जाने कब तो वे सब हीन मनोभाव कट भी गये।

सविता और विनय के मन में उसके विवाह को लेकर जाने कैसी तो जटिल ग्रन्थि बन गयी थी। उसकी शादी होगी या नहीं, इस बात को लेकर काफी-काफी बातें बनने लगी थीं।

से ही वह काफी अन्तरंग थी। सूबू का विवाह दस वर्ष पहले ही हो चुका था। शुभ्र और रमा सात वर्षों से विवाहित थे! रमा खासतौर पर विकलांग शिशुओं को शिक्षा-दान में प्रशिक्षित थी! वह उसी किस्म के स्कूल में नौकरी करती थी। शुभ्र परीक्षा देकर बैंक में अफसर बनकर शामिल हुआ था। वे दोनों आज भी निःसन्तान थे।

विनय और सूबू के रिश्ते में उस दिन जो खटास आयी, उसके बाद, यह कभी बेहतर नहीं हुआ।

सविता ने ऐलान किया, "मेरी बड़ी बेटी मर गयी!"

विनय के छोटे भाई देवीश्वर और उसके ससुर ने विनय के आचरण का हद से ज्यादा समर्थन किया, "चलो, ठीक है। हम सब काफी उदार गये हैं। शादी-ब्याह के मामले में राज्य-राज्य में भेद-भाव नहीं रखते। किन, वह मुख्यतः भारतीय होकर भी, जो सब लड़के-लड़कियाँ अंग्रेज़ी में बातचीत करते हैं, उनलोगों में ही सब नज़र आता है। यह सब कन्वेण्ट हुए, अंग्रेज़ी बोलनेवाली गोष्ठी में चलता है।"

सूबू और शौकत तो ऐसे लड़की-लड़के नहीं थे। बिल्कुल मध्यवित्त नों में यह सब नहीं चलता है। और दूल्हा अगर मुसलमान हो? समाज स्वीकृति का भी तो एक मामला जुड़ा होता है न! इन सबको अगर मान ा जाए, तो मामला बहुत दूर तक खिंच जाता है। परिवार के अन्यान्य ों का शादी-ब्याह मुश्किल हो जाता है!

अब विनय को लगता है कि जो हुआ सही नहीं हुआ। बाहर उनकी मूर्ति थोड़ी-बहुत नष्ट जरूर हुई है। अभी भी वे साम्प्रदायिक सद्भावना समिति के सदस्य हैं और वे लोग इसे स्वविरोधी मामला नहीं मानते। लेकिन, और-और लोग? उनके पाठकवर्ग? लेकिन, अफसोस, पाठकों हेरा तो नज़र नहीं आता। वे लोग तो नज़रों की ओट में रहते हैं। , वही तो उनके अन्तिम विचारक हैं। वे लोग क्या कहते हैं, काश, जानकारी मिल पाती।

ही सब सोचते हुए, उनकी नज़र हरे रंग की एक लम्बे लिफाफे ी, जिसके कोने पर लिखा हुआ था—'वज्रासना पुनर्मिलन समिति!' ना किसी गाँव का नाम था। शायद पद्मा नदी पार! वहाँ के लोग-बाग

सूबू को समझ आने लगा था कि विनय जिन सब मूल्यबोध की बातें करते हैं या जिन पर विश्वास करते हैं, इन दिनों उनके साथ तालमेल रखकर आचरण नहीं करते। उनमें कहीं, कोई बेचैनी थी। ऐसी सब बातें करके विनय अब जैसे श्रद्धेय नहीं रह पाते। विनय अब, यह क्यों नहीं बोलते कि—"तूने अच्छा किया, सूबू! शौकत से ही शादी कर ले।"—अगर वे ऐसी सब बातें करते, तो सूबू विनय के प्रति श्रद्धा कर पाती।

सूबू कहीं से नाराज़ होती जा रही थी। ज़िदवश उसके होठ तीखे होकर धारदार होते जा रहे थे, आँखों से चिनगारियाँ फूटने लगी थीं। माथे से पीछे की ओर उल्टे हुए छोटे-छोटे बाल, गर्दन के पास क्लिप में कसे हुए! अचानक वह अचीन्ही लगने लगी थी।

"वह मुझ पर करुणा नहीं करता।"

"तू समझ नहीं रही है।"

"हाँ, मुझे तो समझ ही नहीं आ रहा है। तुमलोगों ने तो यही मान लिया था कि मेरी शादी होना आसान नहीं है। तुमने तो कहा था कि जात-पाँत मैं नहीं मानता। बस, कोई अच्छा-सा लड़का, जो सूबू की श्रद्धा करे, सम्मान से ग्रहण करे, उसीसे सूबू की शादी कर दूँगा और पर्याप्त खर्च भी करूँगा।"

"यह बात तो मैं अभी भी कह रहा हूँ।"

"हाँ, तुमने कभी कहा था कि तू अगर खुद शादी कर ले...। न्ना, तुमसे बात करने का कोई फ़ायदा नहीं है। माँ भी ऐसी ही है। अब, तुम कुछेक अक्षम युक्तियाँ दिखा रहे हो, लेकिन असल में तुम्हारी आपत्ति की जड़ है—संस्कार! छिः छिः बापी, तुम ही न किसी समय...तुम...तुम! ठीक है। शौकत सही कह रहा था कि तुम्हारे बापी नहीं मानेंगे। उनकी लच्छेदार बातों में आकर, रुबैया और राजू हाथ पकड़कर, बाढ़ के पानी में हलकर, पेड़ पकड़कर बह जा सकते हैं, मगर बेटी की बारी, वे फोसिल रह जाएँगे।"

"निकल जा! तू निकल जा!"

"धन्यवाद! ढेर-ढेर धन्यवाद!"

बस, तभी सूबू जो घर से बाहर निकली...! अब, सूबू अपनी किसी सहेली के घर रहती थी! उस दोनों की शादी हुई। शुभ्र और रमा की।

उनदिनों शादी नहीं हुई थी, लेकिन दोनों में दोस्ती थी। वे दोनों शादी में गये थे। बूबू को सविता ने जाने नहीं दिया था।

वैसे भुवनेश्वरी की भूमिका अवाक् कर देने लायक थी। घर से निकल आने से पहले, बूबू अपनी दादी से मिली थी। दादी ने उसके सामने ही उसके पिता को बुला भेजा।

उन्होंने हिदायत दी, "खुद खड़े होकर, बेटी का ब्याह करो, बीबू, वर्ना लोग क्या कहेंगे?"

विनय ने उनकी बात नहीं सुनी। सूबू की शादी के समय शुभ्र ने अपनी दादी का अत्यन्त वितर्कित, मोती के कनफूलों की जोड़ी अपनी दादी को दिये थे। मोती के कनफूलों की जोड़ी ही भुवनेश्वरी का आखिरी गहना बच रहा था। किसी समय यह तय हुआ था कि उनके पास जो मोतियाँ थीं, वे अपनी दोनों पोतियों में बाँट देंगी। जिसका जो मन होगा, वह अपने गहने गढ़ा लेगी।

सूबू उन दिनों भी घर के बारे में बेहद क्षमाहीन थी। कनफूल उसने बेमन से ले तो लिया, लेकिन, कुछ बोली नहीं।

उसने शुभ्र से कहा, "सती-दाह की वह मूर्ति दीवार से उतारकर फेंक देना। अगर वह दीवार पर रही, तो उसे निहारते-निहारते किसी दिन तू भी बप्पा जैसा ही हो जाएगा। देखने में भी कैसा तो अजीब लगता है। एक तरफ की दीवार पर बप्पा के परदादा के हाथों से टाँगी हुई सती-दाह की मूर्ति और दूसरी दीवार पर बप्पा को प्रदान किये गये चन्द मान-पत्र! सब उतार देना। वैसे उतार भर देने से, हमेशा कोई फायदा नहीं होता! वंश की सुकीर्ति का कैसा तो अद्भुत परिचय! हमलोगों ने ही किसी समय एक बच्ची लड़की को जलाकर मार डाला था।

ये सब बातें सुनकर विनय ने कड़वाहट भरी हँसी के साथ कहा था, "उसे इतिहास का कोई बोध नहीं है। अठारह सौ बीस-बाइस साल में सोलह वर्ष की उम्र कुछ कम नहीं होती। उन दिनों लड़कियाँ बहुत जल्दी बड़ी हो जाती थीं।"

"तो उतारकर रख क्यों नहीं देते?"

"उतार दो! मुझे यह मामला कभी अहम नहीं लगा, इसलिए नहीं उतारा।

जिनकी नाम की यह मूर्ति है, उनका बेटा ही गरीफा से यहाँ
और उसने यह घर बनवाया। सच पूछो तो घर का यही हिस्
उन्होंने ही लगाया था। तुमलोगों का उतारने का मन करे, तो

यह सुनकर भुवनेश्वरी के चेहरे पर फीकी-सी हँसी तैर
भी किसी एक समय उसे न उतारने की ज़िद मचायी।

"उसे अब नहीं उतारा जा सकता, शुभ्र!"

"क्यों?"

"तभी सुना था कि इसे उतारा, तो घर की दीवार ही
भी तो सोचना होगा कि इस सती-दाह की मूर्ति की वज
टिकी हुई है। मूर्ति उतारी तो सारी दीवार ही ढह जाएगी
सच है या झूठ!"

"बड़ा फूहड़ है..."

रमा ने शुभ्र से कहा, "तुम्हें तो फूहड़ नहीं लगता
तुम दीदी की कही हुई बात ही दुहरा रहे हो, वर्ना तो
ध्यान ही नहीं गया था।"

"क्यों? तुम्हें बेतुका नहीं लगता?"

"बेतुका? न्ना, घर का थोड़ा-सा हिस्सा जरूर अट
बाकी आज के ज़माने का है। तुम्हारी माँ जी-जान से
तुम्हारी दादी बेभाव आधुनिक! दीदी एकदम से विद्रो
की गुड़िया! तुम्हारे बप्पा हज़ारों स्वविरोधी मामलों के
लगेगा, भई?"

"और मैं?"

"तुम बड़ी भलीमानस हो!"

रमा की नज़रों में जो जैसा था, वह वैसा
मिट्टी-कादा की गुड़िया गल गयी। रमा का भी ब
वह उसने जाने कहाँ रख छोड़ा, पता नहीं! अब तो
वह करती जाती है। वह कभी, किसी विरोध में न
भी वह घनिष्ठ नहीं होती, लेकिन वह किसी से
शुभ्र से उसका रिश्ता काफी अच्छा था। इस

सूबू को समझ आने लगा था कि विनय जिन सब मूल्यबोध की बातें करते हैं या जिन पर विश्वास करते हैं, इन दिनों उनके साथ तालमेल रखकर आचरण नहीं करते। उनमें कहीं, कोई बेचैनी थी। ऐसी सब बातें करके विनय अब जैसे श्रद्धेय नहीं रह पाते। विनय अब, यह क्यों नहीं बोलते कि—"तूने अच्छा किया, सूबू! शौकत से ही शादी कर ले।"—अगर वे ऐसी सब बातें करते, तो सूबू विनय के प्रति श्रद्धा कर पाती।

सूबू कहीं से नाराज़ होती जा रही थी। ज़िदवश उसके होठ तीखे होकर धारदार होते जा रहे थे, आँखों से चिनगारियाँ फूटने लगी थीं। माथे से पीछे की ओर उल्टे हुए छोटे-छोटे बाल, गर्दन के पास क्लिप में कसे हुए! अचानक वह अचीन्ही लगने लगी थी।

"वह मुझ पर करुणा नहीं करता।"

"तू समझ नहीं रही है।"

"हाँ, मुझे तो समझ ही नहीं आ रहा है। तुमलोगों ने तो यही मान लिया था कि मेरी शादी होना आसान नहीं है। तुमने तो कहा था कि जात-पाँत मैं नहीं मानता। बस, कोई अच्छा-सा लड़का, जो सूबू की श्रद्धा करे, सम्मान से ग्रहण करे, उसीसे सूबू की शादी कर दूँगा और पर्याप्त खर्च भी करूँगा।"

"यह बात तो मैं अभी भी कह रहा हूँ।"

"हाँ, तुमने कभी कहा था कि तू अगर खुद शादी कर ले...। न्ना, तुमसे बात करने का कोई फ़ायदा नहीं है। माँ भी ऐसी ही है। अब, तुम कुछेक अक्षम युक्तियाँ दिखा रहे हो, लेकिन असल में तुम्हारी आपत्ति की जड़ है—संस्कार! छिः छिः बापी, तुम ही न किसी समय...तुम...तुम! ठीक है। शौकत सही कह रहा था कि तुम्हारे बापी नहीं मानेंगे। उनकी लच्छेदार बातों में आकर, रुबैया और राजू हाथ पकड़कर, बाढ़ के पानी में हलकर, पेड़ पकड़कर बह जा सकते हैं, मगर बेटी की बारी, वे फोसिल रह जाएँगे।"

"निकल जा! तू निकल जा!"

"धन्यवाद! ढेर-ढेर धन्यवाद!"

बस, तभी सूबू जो घर से बाहर निकली...! अब, सूबू अपनी किसी सहेली के घर रहती थी! उस दोनों की शादी हुई। शुभ्र और रमा की।

उनदिनों शादी नहीं हुई थी, लेकिन दोनों में दोस्ती थी। वे दोनों शादी में गये थे। बूबू को सविता ने जाने नहीं दिया था।

वैसे भुवनेश्वरी की भूमिका अवाक् कर देने लायक थी। घर से निकल आने से पहले, बूबू अपनी दादी से मिली थी। दादी ने उसके सामने ही उसके पिता को बुला भेजा।

उन्होंने हिदायत दी, "खुद खड़े होकर, बेटी का ब्याह करो, बीबू, वर्ना लोग क्या कहेंगे?"

विनय ने उनकी बात नहीं सुनी। सूबू की शादी के समय शुभ्र ने अपनी दादी का अत्यन्त वितर्कित, मोती के कनफूलों की जोड़ी अपनी दादी को दिये थे। मोती के कनफूलों की जोड़ी ही भुवनेश्वरी का आखिरी गहना बच रहा था। किसी समय यह तय हुआ था कि उनके पास जो मोतियाँ थीं, वे अपनी दोनों पोतियों में बाँट देंगी। जिसका जो मन होगा, वह अपने गहने गढ़ा लेगी।

सूबू उन दिनों भी घर के बारे में बेहद क्षमाहीन थी। कनफूल उसने बेमन से ले तो लिया, लेकिन, कुछ बोली नहीं।

उसने शुभ्र से कहा, "सती-दाह की वह मूर्ति दीवार से उतारकर फेंक देना। अगर वह दीवार पर रही, तो उसे निहारते-निहारते किसी दिन तू भी बप्पा जैसा ही हो जाएगा। देखने में भी कैसा तो अजीब लगता है। एक तरफ की दीवार पर बप्पा के परदादा के हाथों से टाँगी हुई सती-दाह की मूर्ति और दूसरी दीवार पर बप्पा को प्रदान किये गये चन्द मान-पत्र! सब उतार देना। वैसे उतार भर देने से, हमेशा कोई फायदा नहीं होता! वंश की सुकीर्ति का कैसा तो अद्भुत परिचय! हमलोगों ने ही किसी समय एक बच्ची लड़की को जलाकर मार डाला था।

ये सब बातें सुनकर विनय ने कड़वाहट भरी हँसी के साथ कहा था, "उसे इतिहास का कोई बोध नहीं है। अठारह सौ बीस-बाइस साल में सोलह वर्ष की उम्र कुछ कम नहीं होती। उन दिनों लड़कियाँ बहुत जल्दी बड़ी हो जाती थीं।"

"तो उतारकर रख क्यों नहीं देते?"

"उतार दो! मुझे यह मामला कभी अहम नहीं लगा, इसलिए नहीं उतारा।

जिनकी नाम की यह मूर्ति है, उनका बेटा ही गरीफा से यहाँ चला आया और उसने यह घर बनवाया। सच पूछो तो घर का यही हिस्सा पुराना है, उन्होंने ही लगाया था। तुमलोगों का उतारने का मन करे, तो उतार दो।"

यह सुनकर भुवनेश्वरी के चेहरे पर फीकी-सी हँसी तैर गयी। उन्होंने भी किसी एक समय उसे न उतारने की ज़िद मचायी।

"उसे अब नहीं उतारा जा सकता, शुभ्र!"

"क्यों?"

"तभी सुना था कि इसे उतारा, तो घर की दीवार ही टूट पड़ेगी। यह भी तो सोचना होगा कि इस सती-दाह की मूर्ति की वजह से ही दीवार टिकी हुई है। मूर्ति उतारी तो सारी दीवार ही ढह जाएगी। पता नहीं, यह सच है या झूठ!"

"बड़ा फूहड़ है..."

रमा ने शुभ्र से कहा, "तुम्हें तो फूहड़ नहीं लगता था, भइये, यह तो तुम दीदी की कही हुई बात ही दुहरा रहे हो, वर्ना तो तुम्हारा उस ओर ध्यान ही नहीं गया था।"

"क्यों? तुम्हें बेतुका नहीं लगता?"

"बेतुका? न्ना, घर का थोड़ा-सा हिस्सा जरूर अठारहवीं शती का है, बाकी आज के ज़माने का है। तुम्हारी माँ जी-जान से सौ साल पुरानी है, तुम्हारी दादी बेभाव आधुनिक! दीदी एकदम से विद्रोही, बूबू भारी-कीचड़ की गुड़िया! तुम्हारे बप्पा हज़ारों स्वविरोधी मामलों के बण्डल! बेतुका क्यों लगेगा, भई?"

"और मैं?"

"तुम बड़ी भलीमानस हो!"

रमा की नज़रों में जो जैसा था, वह वैसा ही रह गया। बीच से मिट्टी-कादा की गुड़िया गल गयी। रमा का भी बाकायदा अपना मन था, वह उसने जाने कहाँ रख छोड़ा, पता नहीं! अब तो जो जैसा कहता है, वही वह करती जाती है। वह कभी, किसी विरोध में नहीं जाती। किसी के साथ भी वह घनिष्ठ नहीं होती, लेकिन वह किसी से रूढ़ दूरी भी नहीं रखती। शुभ्र से उसका रिश्ता काफी अच्छा था। इस घर में एकमात्र भुवनेश्वरी

से ही वह काफी अन्तरंग थी। सूबू का विवाह दस वर्ष पहले ही हो चुका था। शुभ्र और रमा सात वर्षों से विवाहित थे! रमा खासतौर पर विकलांग शिशुओं को शिक्षा-दान में प्रशिक्षित थी! वह उसी किस्म के स्कूल में नौकरी करती थी। शुभ्र परीक्षा देकर बैंक में अफसर बनकर शामिल हुआ था। वे दोनों आज भी निःसन्तान थे।

विनय और सूबू के रिश्ते में उस दिन जो खटास आयी, उसके बाद, वह कभी बेहतर नहीं हुआ।

सविता ने ऐलान किया, "मेरी बड़ी बेटी मर गयी!"

विनय के छोटे भाई देवीश्वर और उसके ससुर ने विनय के आचरण का हद से ज्यादा समर्थन किया, "चलो, ठीक है। हम सब काफी उदार हो गये हैं। शादी-ब्याह के मामले में राज्य-राज्य में भेद-भाव नहीं रखते। लेकिन, वह मुख्यतः भारतीय होकर भी, जो सब लड़के-लड़कियाँ अंग्रेज़ी में ही बातचीत करते हैं, उनलोगों में ही सब नज़र आता है। यह सब कन्वेण्ट पढ़े हुए, अंग्रेज़ी बोलनेवाली गोष्ठी में चलता है।"

सूबू और शौकत तो ऐसे लड़की-लड़के नहीं थे। बिल्कुल मध्यवित्त घरानों में यह सब नहीं चलता है। और दूल्हा अगर मुसलमान हो? समाज में स्वीकृति का भी तो एक मामला जुड़ा होता है न! इन सबको अगर मान लिया जाए, तो मामला बहुत दूर तक खिंच जाता है। परिवार के अन्यान्य लोगों का शादी-ब्याह मुश्किल हो जाता है!

अब विनय को लगता है कि जो हुआ सही नहीं हुआ। बाहर उनकी भावमूर्ति थोड़ी-बहुत नष्ट जरूर हुई है। अभी भी वे साम्प्रदायिक सद्भावना गठन समिति के सदस्य हैं और वे लोग इसे स्वविरोधी मामला नहीं मानते।

लेकिन, और-और लोग? उनके पाठकवर्ग? लेकिन, अफसोस, पाठकों का चेहरा तो नज़र नहीं आता। वे लोग तो नज़रों की ओट में रहते हैं। लेकिन, वही तो उनके अन्तिम विचारक हैं। वे लोग क्या कहते हैं, काश, इसकी जानकारी मिल पाती।

यही सब सोचते हुए, उनकी नज़र हरे रंग की एक लम्बे लिफाफे पर पड़ी, जिसके कोने पर लिखा हुआ था—'वज्रासना पुनर्मिलन समिति!' वज्रासना किसी गाँव का नाम था। शायद पद्मा नदी पार! वहाँ के लोग-बाग

पश्चिम बंगाल में आकर शायद साल में एक बार मिलेंगे, इसलिए कोई समिति-वमिति बनायी होगी। उसके लिए जो लिफाफा छपाया गया था, वही लिफाफा लेखक ने इस्तेमाल किया था। वह समिति अभी सलामत है या नहीं, कौन जाने? ऐसे सब पगलैट मामलों के प्रति विनय सेन की कोई हमदर्दी नहीं है।

वैसा लिफाफा अक्सर ही आ पहुँचता है। किसी न्यायकर्ता का पत्र था। सूबू के विवाह के बाद आया था–"आपकी इन सब कहानियों में (नाम लिखा हुआ था) आपने मुस्लिम चरित्र बड़ी हमदर्दी से आँका है। दंगा-विरोधी किसी अतीत के, किसी जुलूस में आप 'हिन्दू-मुस्लिम एक हैं, भूलो मत, भूलो मत' का नारा लगाते हुए कहते रहे, उस जुलूस में यह अधम भी हाजिर था। पिछले महीने, एक सभा में आयोजित, 'साम्प्रदायिक एकता-रक्षित' विषय पर आपने भी व्याख्यान दिया था। अब, सुन रहा हूँ कि आपकी बेटी ने किसी मुसलमान से शादी की है, इसलिए आप उससे असहयोग कर रहे हैं। यह आपने सही नहीं किया।"

जाना पाला का मानो विवेक नामक पात्र हो! क्या ठीक है, और क्या बेठीक! यह आदमी मानो जाने-समझे बैठा है। वह पाठक उन्हें अक्सर ख़त लिखता है। जाहिर है वह पूरे मन से उनकी खोज-ख़बर रखता है। उसका ख़त नहीं आता, तो विनय सेन बेचैन हो उठते हैं और ख़त मिलता है, तो वे झुँझला उठते हैं।

विनय सेन के अपने बचपन का दोस्त था। पिछले दस वर्षों से प्रायः हर वर्ष उसे ही बार-बार जल-वसन्त क्यों होता है, यह अतिशय आश्चर्य की बात थी। लेकिन जिस वर्ष वे इस रोग के शिकार नहीं होते, तो यतीन एकदम से बेजान-हताश हो उठते थे, यह भी उन्होंने देखा है। जैसे ख़त न आने पर उन्हें बेचैनी होती थी।

ख़त के नीचे लिखने वाले का नाम नहीं होता। डाकघर की मुहर देखकर, उन्हें हमेशा ही धक्का लगा है। पहले ख़त में...मारपुकु...की मुहर थी। वह 'कामारपुकुर' की मुहर थी। उसके बादवाले लिफाफे पर 'झाड़ग्राम' एकबार 'दीनहाटा' और अगले लिफाफे पर 'नवाडी!'

कौन है यह शख़्स? जो रामकृष्णदेव के कामारपुकुर से शाल-पेड़ों से

सुशोभित, झाड़ग्राम और उत्तरबंग के दीनहाटा से बिहार के नवाडी तक घूमता फिरता है? और बीच-बीच में उसे ख़त लिखता रहता है?

सूबू की शादी की ख़बर जिस अख़बार में छपी थी, वह अंग्रेज़ी का अख़बार था! कौन है यह शख़्स? उसका चेहरा कैसा है? सन् उन्नीस सौ छियालीस के दंगा-विरोधी जुलूस में कौन लोग सड़क पर पैदल चले थे? उन सब चेहरों पर धूसर स्मृतियों के कुहासे की झालर क्यों झूलती रहती है? उसकी उम्र कितनी है? इस सन् तिरासी में उसकी उम्र अट्ठावन वर्ष चल रही है। विनय का रक्तचाप स्वाभाविक है; आँखों में यथेष्ट पावर और पैतृक रोग (यह क्या किसी मातहत मर्द को दी जा सकती है?) पाइल्स और डायबिटीज के अलावा अन्य कोई रोग नहीं है। वह इनसान शक्ल-सूरत से कैसा है; उसे कौन-कौन से रोग हैं; वह लगातार घूमता रहता है? कहाँ वह बैठकर अख़बार पढ़ रहा था? सूबू की शादी के करीब डेढ़ महीने बाद, विनय को वह ख़त मिला था।

सूबू! स्मृतियों में भयंकर वेदना! हाँ, विनय ने कहा था–"ब्याह मैं खुद नहीं करा सकूँगा। वे दोनों खुद करें, तो कर लें। मैं अपनी क्षमता मुताबिक खर्च दे दूँगा।"

सविता कहा करती थीं, "देख-सुनकर विवाह करना होगा। हमारी बेटियाँ मुहब्बत करके विवाह नहीं कर सकतीं।" यह कहते हुए वे 'मुहब्बत' पर ज़्यादा ज़ोर देती थीं! जाहिर था कि प्रेम-मुहब्बत के मामलों का वे अनुमोदन नहीं करती थीं। उनके लिए 'प्रेम करके विवाह न करना' सम्मान और गर्व की बात समझती थीं; यह साफ जाहिर था।

बहरहाल सूबू के लिए कोई खर्च ही नहीं पड़ा। शुभ्र के विवाह में उन्होंने अपनी क्षमता मुताबिक धूमधाम भी किया था। हाँ, बूबू की बारी उन्होंने प्रकाशक से आगामी बयान लिया, अपनी दो कहानियों का बँगला-हिन्दी स्वतत्व बेच डाला और असम्भव खर्च भी किया।

पात्र-पक्ष पूरी तरह राज़ी था। उनलोगों के धन था, मगर कल्चर और कुलीनता नहीं थी। वे लोग उस वक्त बूबू को अपने सर पर बिठाकर ले गये।

सविता ने भुवनेश्वरी के सामने बूबू की भावी ससुराल के बारे में खूब बढ़ा-चढ़ाकर बयान किया था–वे लोग 'पद्मराग' घराने के लोग हैं। पद्मराग

ट्रेड-मार्क के तेल, साबुन, आलता, सिन्दूर, पाउडर, स्नो प्रसिद्ध हैं। उनलोगों का नाम कौन नहीं जानता? मण्टू थर्मल पावर प्लाण्ट का लम्बा-चौड़ा कामकाज छोड़कर, अब कारोबार और कारखाना सम्हाल रहा था।

"उनलोगों के साथ क्या बूबू की पटरी बैठेगी?"

"अरे, वे लोग अशिक्षित तो हैं नहीं। मण्टू की बहनें भी पढ़ी-लिखी हैं! मण्टू तो उच्च-शिक्षित हैं।"

"बूबू उदार आबोहवा में पली है।"

"वे लोग ही क्या अनुदार हैं? मण्टू की माँ ने कहा है—आपलोगों की बड़ी बेटी के साथ तो कोई नाता-रिश्ता है नहीं और आपका बेटा तो बड़ा लायक, रामजी जैसा बेटा है। अपनी मर्जी का ब्याह कर रहा है, मगर कायस्थ लड़की से! उच्चवंश की लड़की से!"

"पता नहीं, मेरा मन राज़ी नहीं होता।"

सविता का चेहरा सियाह पड़ गया।

उन्होंने कहा, "आपको चाहे जो लगे, अतनु से उसकी शादी नहीं होगी। अतनु अभी भी अपना कारखाना बनाने के चक्कर में अभी भी डाँव-डाँव घूम रहा है। यूँ भी वह तो पार्टीबाज़ लड़का है।"

"बूबू क्या कहती है?"

सास के साथ सविता का रिश्ता बहुत अजीब था। इस घर में भुवनेश्वरी की जगह बेहद सम्मानभरी थी। यह आसान नहीं था। अभी भी वृद्ध, उम्रदार राजनीतिक नेतागण भुवनेश्वरी की खोज-ख़बर लेते रहते हैं। दो बेटों और तीन बेटियों की माँ थीं, भुवनेश्वरी। विधवा होने के बाद, इस घर के नियम-मुताबिक उन्होंने जप-तप में दिन नहीं गुज़ारा।

उन्होंने महिला समितियाँ कीं, राजनीतिक कर्मियों को अपने घर में आश्रय दिया। शुरू-शुरू में वे पार्टी की सदस्य भी रहीं। बहुतेरे जुलूसों में वे सड़क पर भी उतरीं।

बेटे-बेटियों की जिम्मेदारी निभाती थीं उनकी सास! विनय लोगों की दादी! फलस्वरूप उस वक्त भी बेटे-बेटियाँ यही जानते थे कि उनकी माँ सबकी तरह नहीं हैं। उनलोगों ने किसी दिन भी उन्हें अपना करीबी इनसान नहीं समझा।

काफी सोच-सोचकर भी सविता को यह समझ में नहीं आता था कि भुवनेश्वरी कहाँ से सबसे अलग हैं। उनके मन में सास के प्रति एक ही संग, हीनमन्यता और प्रतियोगिता काम करती थी।

"बूबू क्या कहती है?"

भुवनेश्वरी का सवाल सुनकर सविता का चेहरा विजय-गर्व से हँस पड़ा।

"बूबू तो अ-राज़ी नहीं है। मैं क्या उसकी असहमति में काम कर रही हूँ? बूबू ने कहा है कि तुमलोग जैसा बोलो! असल में वह खुद भी खुश है। होगी नहीं? मण्टू की माँ ने उसे किसी फंक्शन में देखा था। उसका गाना भी सुना था। तभी उन्होंने पता लगाया और अपनी तरफ से शादी का प्रस्ताव दिया। दब्बू लड़की है, अपने को जाहिर नहीं कर रही है।"

"तुमलोगों से बहुत ज़्यादा अमीर हैं?"

"वह तो हैं ही!"

"असमान शादी है।"

"ऐसा क्यों? बूबू क्या फेंकलू है?"

"मेरा यह मतलब नहीं था, सविता! अतनु के संग न सही, जहाँ भी उसकी रुचि, शिक्षा-दीक्षा मेल खाती हो, तुम ऐसा लड़का देखो। और कुछ मत देखो। आजकल हरदम घर की बहुओं पर अत्याचार किया जाता है, ऐसी ख़बरें हम रोज़ पढ़ते हैं।"

"ऐसा आप बहुत दूर की सोच रही हैं।"

"तुमलोग कितना ख़र्च करोगे?"

"दो-तीन लाख तो नहीं कर सकेंगे, मगर लाख रुपये तो ज़रूर ख़र्च करेंगे। इससे कम में आजकल होता नहीं।"

"जो लोग लाख रुपये की भी औकात नहीं रखते, वे लोग क्या अपनी बेटी की शादी नहीं करते?"

"जो करते हैं, वे करते होंगे। लेकिन जिनकी औकात है, वे भला क्यों नहीं देंगे? यह भी तो मेरी समझ में नहीं आता।"

"अगर लाख रुपये ख़र्च करोगी ही, तो किसके पास और कितने लाख रुपये हैं, यह क्यों देखती हो? लड़का देखो, लड़का! इन सब अमीरों के लड़कों का कोई मेरुदण्ड नहीं होता। आजकल गरीबों की बहुएँ उतना नहीं

मरतीं। सम्पन्न स्थिति के माँ-बाप, बेहद बड़ा आदमी, दामाद खरीदते हैं। अपनी बेटी किसमें सुखी होगी, यह नहीं देखते। उसके बाद...सब घटता है! अख़बार खोलते ही बुरी ख़बर!"

"बुरी ख़बर होगी, पहले से ही आप क्यों सोच रही हैं? भली ख़बर भी तो होती है। बेटी हमारी है। हम क्या देख-सुनकर आगे नहीं बढ़ रहे हैं?"

बूबू भुवनेश्वरी के सामने आयी ही नहीं। उनसे लगातार कतराती रही। रमा यह सुनाकर चली गयी कि वह कसौटी पर उतर भी सकती है। बूबू जैसी व्यक्तित्वहीन है, लड़का भी वैसा ही है।"

"व्यक्तित्वहीन? और बूबू?"

"वर्ना अतनु से शादी क्यों नहीं की?"

"बेहद-बे-हद नरम जो है! सूबू की तरह सख्त-पुख्ता जो नहीं है। बाप और माँ। दोनों की प्रबल इच्छा समझकर, उसने अपने को छोड़ दिया। भला इसका कोई मतलब होता है?"

"यह तो ख़ैर सच है!"

"असल में लड़कियाँ खुद ही अपनी दुश्मन होती हैं।"

आखिरकार बूबू के बारे में भुवनेश्वरी की ही बात सच हुई। यह सब सोचते हुए विनय के मन में कहीं कुछ गडमड हो जाता है। सविता अभी भी बिस्तर पर पड़ी हुई थीं। रमा ही यथासाध्य सारा कुछ सम्हाल रही थी।

अब, बार-बार पुलिस को जवाब दो!

"बूबू के अलावा उनका कोई और नाम था?"

"हाँ! वितस्ता!"

"शादी के निमन्त्रण-पत्र में यही नाम तो देख रहा हूँ। लेकिन प्रीति-भोज के निमन्त्रण में 'अमलिना' नाम क्यों?"

"उनलोगों ने नाम बदल दिया था।"

"बदल दिया था?"

"हाँ!"

अब, यह समझाकर बताना कतई सम्भव नहीं था कि प्रीतिभोज के निमन्त्रण-पत्र पर 'अमलिना' नाम देखकर विनय पहले चौंक उठे थे और बाद में मण्टू के मौसेरे बड़े भाई ने इस बारे में जो सफाई दी, वह उन्होंने मान ली।

सविता ने भी कहा, "किसी बदनीयती से ऐसा नहीं किया, अति उत्साह में आकर किया। तुम देखा नहीं, जितनी बार उनलोगों ने बूबू को देखा, उतनी बार कहा—कितनी कमसिन है। चेहरा कितना निष्पाप है। इसलिए ऐसा लगता है कि 'अमलिना' नाम इसी वजह से दे दिया होगा।"

मुमकिन है, ये सारी बातें सच हों, लेकिन उनलोगों को बताये बिना नाम बदल देने के मामले से; शुरू-शुरू में उनकी छाती में ज़ोर का धक्का लगा था। वैसे बाद में यह नज़र आया कि वह नाम, प्रीति-भोज के निमन्त्रण-पत्र में ही रह गया। अन्त में बूबू 'वितस्ता' ही रह गयी।

पुलिस का आना-जाना कोई एक दिन तक ही सीमित नहीं था। वे लोग आते ही रहते थे। आखिर वह विनय सेन की बेटी थी। अब उन्हें लग रहा था कि बताने को कितनी-कितनी बातें जमा हैं!

"कोई चिट्ठी-पत्र?"

"जी, कलकत्ता में ही तो थी..."

अगले ही पल विनय ने बेहद कातर स्वर में पूछा, "जी, ठीक किस ढंग से...मतलब कि...कैसे...? मुझे किसी दिन भी ऐसा नहीं लगा कि वह इस किस्म का काम..."

पुलिस अफसर ने बेहद असहिष्णु और करुणाभरी नज़रों से एक बार उनकी तरफ देखा। विनय के लेखन में पुलिस कितनी क्रूर, कुचक्री, निर्मम होती है, मगर उस वक्त वे पुलिस से कैसा सौहार्दपूर्ण बर्ताव पा रहे थे।

वैसे मुनुवा की माँ ने कहा था, "तुम लोगन का घर है न, भउजी, इसलिए इतना सब हो रहा है। हम सबन के यहाँ कित्तना कोड होता है, लेकिन तब क्या इस मुँहजले थाने के माथे पर पसीना आवत है भला?"

पुलिस अफसर ने कहा, "लगता है...मैं अपनी राय बता रहा हूँ, सरकारी तौर पर नहीं कह रहा हूँ! लगता है कि कोई लड़ाई-झगड़ा अन्दर-अन्दर चल ही रहा था। अचानक गुस्से में आकर कोई भारी-सा पीतल का ऐशट्रे दे मारा। वह ऐशट्रे सीधे नस में जा लगा। वही चोट पाकर आपकी बेटी बेहोश होकर गिर पड़ी। उसके बाद..."

"उसके बाद...उसी समय उसे अस्पताल न ले जाकर...न्ना...अब मुझसे सोचा नहीं जाता..."

विनय जितने विचलित थे, पुलिस अफसर भी उतना विचलित होता, तो स्वाभाविक नहीं लगता। इसके अलावा, आजकल इनसान इतने-इतने ढंग से, इतनी-इतनी जगह में, ब्याहता लड़कियों को आग में जलकर मरते हुए देखता है कि देखते-देखते अस्वाभाविक मृत्यु को ही स्वाभाविक मान लेना पड़ता है। महीने में जिसकी आमदनी डेढ़ हज़ार रुपये है, ऐसा बाप अगर तीन हज़ार रुपये महीने आय करनेवाला दामाद पकड़ने दौड़े, तो परिणामस्वरूप उस बाप की बेटी को आग की लपटों में जल मरना होता है, यही अब नियम बन गया है। डेढ़ हज़ार, डेढ़ लाख भी हो सकता है, तीन हज़ार, तीन लाख हो सकता है। लेकिन अंकों का योगफल अक्सर एक जैसा ही होता है—लड़की की अस्वाभाविक मृत्यु!

अफसर ने कहा, "नर्वस होकर आदमी बुद्धि खो देता है। शुरू में गुस्से में आकर ऐशट्रे फेंककर मारना, फिर डरकर, मतलब उसके मर जाने के अन्देशे से, आग लगा देना और जब बगल के स्कूल में हड़कम्प मची, तो उसे अस्पताल ले जाना—यह सब समझ में आता है। लेकिन आपलोगों को ख़बर क्यों नहीं दी? वही 'मोटिव' आ जाता है। यानी इरादे पर सवाल उठता है।"

"पता नहीं!"

"सिर्फ क्या बूबू को खो देने का आघात? मण्टू, जिसे उन्होंने अपने बेटे की तरह प्यार किया, जिसके आचरण-बर्ताव पर वे मुग्ध थे, वह ऐसी हरकत करेगा, ऐसा क्या सोचा था?"

रमा ने कहा, "मण्टू के बारे में आपके मन में ऐसी धारणा क्यों थी, वह मुझे नहीं पता। मैंने तो देखा है, बूबू को कोई आजादी नहीं थी। वह इस घर में भी आती थी, तो सास संग-संग आती थी, कभी एक रात भी उसे यहाँ रहने नहीं दिया, गाना गाने जाती थी, तो मण्टू उसे लेकर जाता था, साथ ले आता था। किसी कार्यक्रम में कोई बुलाने आता था, तो मण्टू उस बन्दे से बात करता था। बूबू को बात करने का हुक्म नहीं था।"

हाँ, अब दो दूनी चार जोड़ा जा सकता है। अगर सोचने बैठो तो अंकों की पहेली में तमाम शून्यस्थान भर जाते थे।

सोचने बैठो, तो यह सब समझ में आता है। लेकिन, विनय ने तो सोचा

ही नहीं। उन्होंने विवाह कर दिया, विवाह हो गया। बेटी सच ही सुखी हुई या नहीं, इस बारे में कभी सोच-विचार क्यों नहीं किया?

यही सब सोचते-सोचते, विनय अनमनी मुद्रा में अपनी मेज़ पर रखी डाक देखने लगा। निमन्त्रण, आमन्त्रण, आह्वान—ना, अब और नहीं! अभी नहीं! बहुत हुई सभा-समिति, फूलों की मालाएँ पहनना और उतार रखना तथा भाषण दान!

किसी समय, वे जनगण के साहित्यकार थे। बाद में कुछेक वर्ष सिर्फ अनुवादक! उसके बाद, दोबारा उपन्यास! विषयवस्तु बदला हुआ। अब वे आम जनता के साहित्यकार नहीं रह गये। उसके बाद, अचानक नाटक लिखने लगे। उन्हीं दिनों बिल्कुल कुछ भी सोच-विचार किये बिना, शैशव में अन्धी किसी लड़की की जीवनकथा, उपन्यास के रूप में लिख डाली और वह किताब चल भी गयी! थोड़ा-बहुत भुवनेश्वरी के कारण, थोड़ा-बहुत अपने जीवन के सात-आठ वर्ष, पार्टी के सीमान्त अंचलों में घूमने-फिरने की वजह से, अभी भी वे प्रगतिशील ही गिने जाते हैं। पिछले कई वर्षों से वे जीवनकथा और उपन्यास ही लिख रहे हैं।

'अशान्त पथिक' (शरत्चन्द्र), 'धूमकेतु' (नजरुल), 'जननी की गोद में शिशु' (मधुसूदन) वगैरह पुस्तकें उन्हें दौलत भी दे रही हैं और सम्मान भी!

लेकिन जो लोग यह सम्मान देते हैं, सिर्फ उन्हीं लोगों की स्तुति से वे तृप्त नहीं हैं। उनके पास नौजवान महल ज्यादा नहीं आते, जिनके करीब वे पहुँचना चाहते हैं। 'पहला मशालची' (राममोहन) लिखने के फलस्वरूप, उनलोगों के प्रति भी वे कृतसंकल्प हैं। उन्नीसवीं शती में बँधी-बँधायी राह पर काव्य का अर्घ्य देने के बाद कहते हैं और आगे नहीं बढ़ा जा सकता।

इधर कुछ दिनों से, वर्तमान बहुमुखधारी कलकत्ता को मूल केन्द्र चरित्र बनाकर, विराट कुछ लिखने की सोच रहे हैं...सोचते जा रहे हैं, बस, सोचते ही जा रहे हैं। वे लोग उन्हें 'फोसिल' कह रहे हैं, लेकिन वे दिखा देना चाहते हैं कि अगर कोई वितर्कों का तूफान बहा सकता है, तो वे ही। एकमात्र वे ही उत्तेजना और आलोचना की सृष्टि कर सकते हैं।

इसीलिए वे शहर के विभिन्न चेहरे पहचानने की कोशिश कर रहे थे;

अपने इस अनलिखे उपन्यास के बारे में किसी बड़े और चक्-चक्, झक्-झक् अख़बार में दिये गये साक्षात्कार में उन्होंने विस्तार से बताया था।

साक्षात्कार के साथ-साथ उन्होंने एक खास तस्वीर भी छापने को दी, जैसा कि पश्चिमी लेखकों के सन्दर्भ में नज़र आता है। उस तस्वीर में वे स्वयं, कलम, मेज़, बिखरी हुई किताबें, पीछे की दीवार पर कालीघाट के पटचित्र अस्पष्ट-सा आभास, चेहरे की रेखा, मनोयोगी होने के प्रमाण स्वरूप माथे पर सिकुड़न, आँखों की चमक—सबकुछ स्पष्ट था।

साक्षात्कार प्रकाशित होने के बाद, मानबाज़ार-पुरुलिया से तत्काल ही वह हरा लिफाफा आ पहुँचा। वही बेचेहरा, अवयवहीन पाठक, जो सिर्फ घूमता था, घूमता रहता था, उसी ने मानबाज़ार से ख़त लिखा था।

"आपका साक्षात्कार पढ़कर, आपके लिए कष्ट हुआ। कितना अर्सा गुज़र गया, आप न वास्तविकता को देखते हैं, न अपने आमने-सामने होते हैं। उसी साक्षात्कार में आपने कहा है कि सदस्य हों या न हों, आप मतादर्श में विश्वासी हैं।

"अगर आप सच ही ऐसे हैं, तो आपके लेखन में चुनौती कहाँ है? जिन सब इनसानों के बारे में, बंगालियों के मन में हमेशा ही एक विराट जगह रही है, उनलोगों को लेकर जीवनी, उपन्यास क्यों लिख रहे हैं? उन सब लेखन में चुनौती कहाँ है? आपकी 'पहला मशालची' पुस्तक मैंने पढ़ी। जाने-पहचाने इनसान से नये सिरे से पहचान कराने में आप नाकाम रहे हैं। पाठकों को सोचने के लिए विवश नहीं कर पाये। पाठक के मन में अगर सोच न जगा सके, तो वह लेखक टिकेगा भला?"

"जिसमें प्रगतिशील मतादर्श होगा, वह सजीव रहेगा, चैलेंज करेगा, प्रतिवाद करेगा—आपको क्या याद है कि आपके किसी पुराने लेखन में ये तमाम बातें मौजूद थीं? पाथर कुमकुमी नामक एक गाँव में बैठकर मैंने आपकी वह किताब पढ़ी थी।"

"असल में, वास्तविकता को आप नहीं देखते। खैर, अपने को ही क्या देखा है आपने? असल में रहने-खाने और घूमने-फिरने का अच्छा इन्तज़ाम नहीं होगा, इसलिए आप छोटी-छोटी जगहों में आयोजित सभा-समितियों में नहीं जाते। अपनी कहानियों में आप हिन्दू-मुस्लिम की प्रेमकथा लिखते हैं, वास्तविकता में अपनी

बेटी को त्याग दिया है आपने। नकद दहेज या सामानों के रूप में दहेज—इन दोनों के खिलाफ आपने कितना कुछ लिखा है, लेकिन मैंने सुना कि अपनी ही और एक बेटी की शादी में जी भरकर दहेज दिया है।"

"इसी तरह की ढेरों बातें कही जा सकती हैं। चलें, नहीं कहूँगा वह सब! लेकिन कलकत्ता को केन्द्रचरित्र बनाकर, आखिर क्या लिखेंगे आप? शहर का एक भी मामला क्या आप समझते हैं? लेकिन एक ही समय में एक-एक जगह, कलकत्ता का एक-एक चेहरा होता है। इति—भवदीय।"

यह ख़त पाने के बाद, विनय ने सच-सच ही सोचा कि वे पुलिस की मदद लें।

लेकिन शुभ्र ने कहा, "ऐसा कैसे हो सकता है?"

"क्यों नहीं हो सकता?"

"क्यों हो सकता है, यह बताओ?"

"बुलाओ न अपने मित्र को!"

"क्या कहोगे उससे?"

"विदेश में ऐसा कुछ घटता है, तो पुलिस ही सारा इन्तज़ाम करती है।"

"लेकिन न वह तुमसे ब्लैकमेल करता है, न वह तुम्हें धमकाता है कि वह तुम्हें मारेगा-पीटेगा। पुलिस क्या करेगी?"

"वह मुझे ख़त क्यों लिखता है?"

"ख़त लिखना कोई दण्डनीय अपराध नहीं है, बापी! इसके अलावा कितनी ही तरह के पागल-छागल होते हैं। किसी मशहूर हस्ती को ख़त लिखते रहना भी एक किस्म का ख़ब्त है।"

विनय, शुभ्र को यह समझाने में असफल रहे कि उन्हें लगता है कि मामला इतना सरल नहीं है। यह प्रसंग जब उन्होंने अपने बन्धु-महल में भी छेड़ा, तो उन्हें बेवकूफ बन जाना पड़ा।

"पता करो, किसी महिला का ख़त तो नहीं है!"

"नहीं, नहीं, वह किसी औरत की लिखावट नहीं है! इसके अलावा, आजकल लड़कियाँ अतिशय चालू हो गयी हैं। लेकिन वे लोग भी क्या आज कूचबिहार, कल वर्धमान, परसों पुरुलिया का चक्कर लगा सकती हैं? यूँ घूमना पड़े, ऐसे पेशे में कोई औरत होती है भला?"

ये बातें, जयन्त दत्त के घर में बैठे-बैठे हो रही थीं। जयन्त दत्त कई-कई कम्पनियों के डायरेक्टर थे और उस दिन तक अपने घर के भी डयरेक्टर थे। अचानक उन्होंने स्विट्जरलैण्ड के किसी फ्रांसीसी साधु से दीक्षा ले ली, उसके बाद से ही उनके स्वभाव में अद्‌भुत परिवर्तन आ गया। हमेशा फुर्र-फुर्र हँसते रहते और कभी नाराज नहीं होते। उसी तरह हँसते-हँसते ही उन्होंने बारहवीं मंज़िली कोठी की बारहवीं मंजिल पर दो-दो फ्लैट खरीद डाले, दवाओं की एक असम्भव झक्‌झक्‌ दुकान खोल डाली। एक फ्लैट रहने-सहने के लिए, दूसरा अड़्डेबाजी के लिए। विनय सेन के वे गम्भीर भक्त थे और किसी-किसी शनिवार को उनके यहाँ इस किस्म का अड्डा होता ही होता है।

उनका गुस्सा कम हो गया है, बहस करने का स्वभाव बढ़ गया है।

"क्यों, भई, लड़कियाँ या औरतें क्यों नहीं घूम सकतीं? फर्ज करो, जो औरतें 'जात्रा' में हिस्सा लेती हैं, वे लोग तो घूमती ही रहती हैं।"

शान्त आवाज़ में कुट्‌-कुट्‌ बातें करना, जिसका स्वभाव था, उसी रजत ने कहा, "यह क्यों नहीं पता कर लेते कि कौन-कौन यात्रा यूनिट कहाँ-कहाँ घूमती है और उनमें नायिका-सहनायिका कौन हैं?"

कागज-पत्तर छाँटा गया, लेकिन कोई अता-पता नहीं मिला।

मितभाषी गणेश बाबू ने कहा, "सबसे ज्यादा घूमता है, 'बाँदी से...' पाला-यात्रा का दल। लेकिन वह दल उन सब जगहों में नहीं घूमता।"

अत्यन्त नामी-दामी कैंसर विशेषज्ञ डॉक्टर, हिमाद्री ने कहा, "मुझे यह समझ में नहीं आ रहा है कि आप क्यों इतनी चिन्ता करते हैं।"

"क्यों? चिन्तित क्यों नहीं होऊँगा?"

"ना!"

"क्यों नहीं होऊँगा?"

"क्योंकि वह आपकी और एक सत्ता है। ऑल्टर ईगो कह सकते हैं।"

सिर्फ प्रकाशक जनाब ने कहा, "कितने ही किस्म के होते हैं, जनाब। मेरे एक ममेरे भाई हैं। उन्होंने बारिकपुर में मनोहारी की एक दुकान खोली है। पहले वे अमरावती तन्त्र औषधालय के कर्मी थे। डाक के जरिये प्रेस्क्रिप्शन भेजना, कर्मी के जरिये दवाएँ भेजना उनका पेशा था। चरखी की तरह घुर्र-घुर्र घूमते थे।"

डॉक्टर बोल उठे, "यह तन्त्र-मन्त्र ही तो देश को खा गया।"

"जयन्त ने उनकी बात काटी, "इन मामलों को इतने छोटे में न लें।"

प्रकाशक बेहद सदाशिव स्वभाव के इनसान थे।

उन्होंने कहा, "नहीं, बुज़रुकी की बात नहीं है। उनलोगों की आँव की दवा, गठिया की दवा और घाव का मलहम बहुत चलता था। इटिली गाँव में उनके कतार-दर-कतार घर नहीं देखे?

बस, उस दिन यह प्रसंग यहीं थम गया। लेकिन निखिलेश समजदार इस तथ्य पर भरपूर आलोकयात् कर पाते थे कि बज्रासना गाँव कहाँ है और उस गाँव के लोग-बाग समिति करते हैं। पिछले तीस वर्षों से वे जिस विषय को शुरू से अन्त तक खँघालकर विशेषज्ञ बने थे, वह था—देश-बँटवारे के बाद, जो विशाल संख्या कलकत्ता और ज़िला-ज़िला में चले आये। उनलोगों ने कहाँ-कहाँ, अपने आदि गाँव में जाति के आधार पर समितियाँ गढ़ ली थीं!

जो लोग यह कहते थे कि ऐसी कोई समिति हो ही नहीं सकती, वे लोग सभी पच्चीस रुपये चुकाकर, विनय सेन की पुस्तक 'आत्मनं विद्धि' खरीदने को लाचार हैं! निखिलेश की थ्योरी बिल्कुल स्पष्ट थी। आत्म या आत्मा को जानने का नियम होता है। पहले यह जानो कि तुम कौन-से गाँव के आदि-निवासी हो और तुम्हारे स्वजाति के लोग कहाँ हैं। जब यह जान लोगे, तब तुम्हारी समाज-चेतना जागेगी और उसके बाद, निरन्तर अभ्यास करते रहने पर देखोगे कि सकल स्वजातियों में कौन, कहाँ है, यह जानते ही तुम आत्म और आत्मा को जान लोगे।

तुम अगर चरहबीबखाली के आदि-निवासी हो, तो तुम्हें जानना होगा कि तुम्हारे स्वजाति के नाते-रिश्तेदार कहाँ हैं। वे सब हैं! मौजूद हैं, यह जानकर तुममें आत्मविश्वास जाग उठेगा।

असल में यह मामला जितना विक्षिप्त-सा लगता है, ऐसा बिल्कुल नहीं है, क्योंकि 'आत्मनं विद्धि' एकमात्र ऐसी किताब है, जिसका साल-दो साल बाद नया संस्करण निकलता है। इसी पुस्तक के आधार पर निखिलेश का 'आत्मनं-विद्धि' मकान, इसी नाम की लॉण्ड्री और रिक्शे-मरम्मत का छोटा-सा कारखाना तैयार हो गया है।

वह विवाह-सम्पर्क पुस्तिका है। चरहबीबखाली गाँव के उमागति मुखुज्जे

के कौन-कौन बेटे, कितनी दूर तक शिक्षा-प्राप्त हैं, कहाँ, किस काम में नियुक्त हैं, ऐसी सब मूल्यवान ख़बरें, उस किताब में भरी हुई हैं! चूँकि यह किताब सलामत थी, तभी भिन्न-भिन्न गाँवों के ब्राह्मण-कुलीन-छत्री लोग, काफी हद तक अपने कुल-धर्म की रक्षा कर पाये हैं। वैसे कभी-कभी व्यतिक्रम भी घट जाता है। लाटखाली की तीन-तीन पीढ़ियों की सन्तान, दीप वसु, अगर यह पढ़े–'यह स्टेनोग्राफर मेरी प्राणेश्वरी' कहकर, किसी गुजराती लड़की से ब्याह करके, कुवैत उड़ जाए, तो निखिलेश उसे कैसे रोक पाते? यह सब तो वर्तमान समय के जलतरंग हैं, इसे कौन रोक पाएगा?

निखिलेश ने कहा, "बज्रासना? समझ गया। लेकिन, वह गुहा है या मित्र या दत्त, यह तो लिखा नहीं है। जो ऐसा काम करता है, वह निश्चित रूप से दायित्वज्ञान शून्य है। सभी जातियों में तो पुनर्मिलन होता नहीं। यह जो यहाँ इसका उल्लेख नहीं है, इसीसे यह प्रमाणित हो जाता है कि इनलोगों में जातिबोध नहीं है, समाजबोध नहीं है, जिसे कहते हैं, पैट्रियोटिज़्म, देशभक्ति! वही नहीं है। लिफाफा छपाते हैं, लेकर घूमते रहते हैं।"

जब, निखिलेश समजदार ने ही इस मामले से हाथ धो लिया, तब इस पत्र-लेखक द्वारा विस्तारित मरीचिका के पीछे-पीछे दौड़ने जैसे व्यर्थ ही मान लिया गया।

बूबू की ख़बर के बाद, कई दिन गुज़र गये। विनय बज्रासना के पत्र-लेखक को विनय सेन भूल गये। आजकल उन्हें सविता की बेहद चिन्ता लगी रहती है। सविता की बातचीत धीरे-धीरे दुर्बोध होती जा रही है!

"मेरे साथ बैठने की ज़रूरत नहीं है। तुम जाओ!"

"ज़रा देर बैठने दो न!"

"पहले कब बैठे हो, बताओ? तुम तो हमेशा से ही बाहर-बाहर के बने रहे। घर के कितने-से रहे। चाहे घर-गृहस्थी के बारे में, चाहे बेटे-बेटियों के बारे में या अपनी सगी माँ के बारे में, तुम कोई ख़बर रखते हो? जाओ।"

ये बातें सुनकर विनय चौंक गये।

"औरत-मर्द में कितना फ़र्क़ है!"

विनय बेतरह विचलित हो आये। इतने दिनों, उनकी चिन्ता की बिन्दु ऐसी थी कि सविता उनकी पत्नी है, उनके बेटे-बेटियों की जननी! लेकिन

विनय के साथ उनका मानसिक व्यवधान काफी दुस्तर है! उन्हें टुकड़ा-टुकड़ा अतीत याद आता रहा...

"मुझे पुरस्कृत करने के लिए मीटिंग बुलायी गयी है। उनलोगों ने तुम्हें भी बुलाया है। तुम अगर नहीं गयीं, तो वे लोग क्या सोचेंगे?"

"पता नहीं! मुमकिन है, मैं सहज न हो पाऊँ! तुम फिजूल फजीहज में पड़ोगे।"

"क्यों, सहज क्यों नहीं हो पाओगी?"

"किसी दिन तुम कभी मुझे लेकर नहीं गये। जिनकी जाने कृतियाँ पढ़ी हैं, वही विराज बन्द्योपाध्याय मुहल्ले में आये, मीटिंग हुई। चले भी गये। उनके जाने के बाद मुझे पता चला कि वे आये थे। अपनी आँखों से उन्हें देख भी नहीं पायी। आज तुम सहज होने को कहो, तो क्या मैं हो जाऊँगी?"

अब, बूबू की स्मृतियों से भरा अडिग दिन व अनगढ़ रातें! घड़ी का काँटा घूमता रहता है, मगर समय आगे नहीं बढ़ता था। समय अटक गया है, पी जी अस्पताल के कॉरीडोर में क़ैद होकर रह गया था। बाद के घण्टों की जटिल चलने-फिरने की छाया में बन्दी हो गया था। छाती पर चट्टान जैसे बैठे हुए समय में, विनय चाय पीते थे, अख़बार खोलते हैं, 'अग्निदग्ध हालत में तरुणी वधू की मृत्यु' किस्म की ख़बर, भीषण नियमानुवर्तिता में अख़बार में हाजिर रहता है और हर्फ गडमड होकर बूबू का चेहरा बन जाता है।

उनके हाथ चलते रहते हैं, देह काम करता रहता है, मगर मन सिर्फ सोचता रहता है। ना, वे सविता को कभी बाहर नहीं ले गये, कभी अपनी बगल में नहीं लिया। उन्होंने मान ही लिया था कि यह सब उन्हें अच्छा नहीं लगेगा। इस वजह से सविता के मन में अभिमान पल रहा है, ऐसा उन्होंने नहीं सोचा था।

उन्होंने कॉलेज में मास्टरी पकड़ी, छोड़ दी, अख़बार ऑफिस में दाखिल हुए, निकल आये—कमोबेश एक लक्ष्य थामे हुए, साहित्यिक जीवन गढ़ा, लेकिन घर-गृहस्थी के बारे में कभी नहीं सोचा। खैर, कौन पुरुष साहित्यकार यह सोचता है? इसलिए, जो कोई पुरुष अपने को लगातार प्रतिष्ठित कर रहा हो, तब उसके नाम यश वगैरह के पीछे घर की बहू-बेटियों का आत्मत्याग मौजूद ही रहता है।

"इसमें नयी बात क्या है?"

इसके पीछे पत्नी तो रहती है; बेटी भी रहती है, माँ-बहन भी रहती हैं।

"इसके लिए कृतज्ञ हैं!

"कृतज्ञ तो ज़रूरत हैं।"

"कृतज्ञता ज्ञापित करेंगे?"

"किसे? सविता को? बेटियों को?"

विनय ने यह मान ही लिया था कि वे महिलाएँ उसीमें खुश हैं। अब, वे देख रहे हैं कि वह भी सही नहीं था। सविता को उनसे शिकायतें हैं! क्या बेटे-बेटियों को भी उनसे शिकायत थी? उन्हें सूबू का ख़्याल हो आया। स्कूल से ढेर-ढेर पुरस्कार लिए, पिता को दिखाने के लिए बैठी रहती थी। उसे नींद आने लगती, मगर वह सोयी नहीं। असल में उसमें भयंकर ज़िद थी।

"क्या, री, आठवीं क्लास में चढ़ गयी?"

"आठवीं नहीं, दसवीं में!"

"दसवीं में?"

सूबू अचानक तमाम किताबें इधर-उधर फेंककर उठ खड़ी हुई।

उसने तमककर माँ से कहा, "बेटी को जब प्राइज़ मिलता है, तो सभी बेटियों के बापी उसके स्कूल जाते हैं। मेरे बापी न स्कूल जाते हैं, न यह ख़बर रखते हैं कि मैं क्या पढ़ रही हूँ।"

"तेरे बापी व्यस्त रहते हैं।"

"दीप्ति के बापी कितने बड़े डॉक्टर हैं। सूमा के बप्पा कितने बड़े अफसर हैं। मिली के बाऊजी कैनिंग जाकर मास्टरी करते हैं। वे सभी लोग आ सकते हैं, सिर्फ मेरे बापी ही नहीं आ सकते।"

बूबू यूँ चुपचाप रहती थी। शुभ्र और बूबू यह उम्मीद ही नहीं करते थे कि उनलोगों के व्यस्त पिता, नामी-गिरामी पिता, ऐसी सब छुटपुट ख़बरें रखें। खैर, उम्मीद नहीं करते थे, क्या निराश भी नहीं थे?

बूबू का बड़ी होना, बूबू का गाना गाना, बूबू का सुनाम होना, विनय यह सब कोई भी समय नहीं जानते।

लेकिन बूबू उन्हें हमेशा जानकारी देती रहती थी।

"बापी, आज मैं रवीन्द्र सदन में गाने जा रही हूँ।"

"बापी, आज रेडियो पर मेरा गाना है।"

"बापी, आज मैं शर्मिला लोगों के साथ बाहर जा रही हूँ।"

सूबू कोई जानकारी नहीं देती थी। चूँकि उसने डॉक्टरी पढ़ी थी, इसलिए सब पर डॉक्टरी चलाती थी। वह अपनी मौज में रहती थी; अपनी सुविधानुसार घर से निकलती थी, घर आती थी।

भोर होते ही, वह हाथ में झाड़न लेकर, घर की झाड़-पोंछ करती थी और सविता की नाक की नोक पर वह झाड़न हिलाकर कहती थी, "तुम कह नहीं सकतीं कि सूबू कुछ नहीं करती।"

बूबू भुवनेश्वरी के पास बैठकर, उन्हें गाना सुनाती थी।

नरम! शान्त! बूबू!

अब विनय सेन ने रमा की ज़ुबानी सुना कि विवाह पक्का हो जाने के बाद, बूबू अक्सर उनके, इसी कमरे में ख़ामोश बैठी रहती थी और दीवार पर झूलते उस फलक को घूरती रहती थी।

वह उस फलक को क्यों निहारती रहती थी? वह उनके कमरे में क्यों बैठी रहती थी?

वह क्या अपने भविष्य को निरखती-परखती रहती थी?

नहीं, अब जाना नहीं जा सकता! कुछ भी जाना नहीं जा सकता।

इन दिनों एक बात बार-बार याद आती रहती है, एक तस्वीर बार-बार घूमकर उनकी आँखों के आगे तैर जाती है।

विवाह से कुछ दिनों पहले की बात है!

लिखते-लिखते विनय ने अचानक नज़रें उठाकर देखा। दरवाज़े से टिककर बूबू खड़ी थी। उन्हें निर्निमेष देख रही थी।

वह शायद काफी देर से खड़ी थी वहाँ!

"क्या, री, कुछ कहना चाहती है?"

उनका सवाल बूबू के कानों तक जैसे पहुँचा ही नहीं। काफी देर बाद, वह सिर हिलाते हुए, वहाँ से चली गयी।

आज उन्हें लगता है, जैसे वह कुछ कहने आयी थी।

उसने कुछ कहा क्यों नहीं?

रमा ने कहा, "आप जब उस मेज़ पर बैठते हैं, तो बहुत दूर के इनसान जान पड़ते हैं। इसलिए आपसे कुछ पूछने की हिम्मत नहीं पड़ती।"

हाँ, रमा को ऐसा लग ही सकता है, क्योंकि वह उनके बेटे की बहू है।

बेटी, बूबू को भी क्या यही लगता था?

बूबू क्या कहने आयी थी?

—बापी, वहाँ मेरी शादी मत करो।

—बापी, मैं अतनु का इन्तज़ार करूँगी!

—बापी, मेरी शादी वहाँ मत करो!

लेकिन उसने ऐसा कुछ नहीं कहा।

भुवनेश्वरी ने थकी-थकी आवाज़ में कहा था, "तेरी इच्छा का पालन करना ही इस घर का नियम है। लेकिन, देख, बूबू कुछ भी नहीं कह रही है।"

लेकिन ऐसा विवाह न हुआ होता तो बेहतर होता।

अब वे सारी बातें भी याद आती हैं।

विनय ने सुना है कि शोक के शुरू-शुरू में जितनी तीव्रता होती है, बाद में उतनी नहीं रहती।

इसीलिए उन्हें लग रहा था कि उन दिनों बूबू उनसे कुछ कहने आयी थी, लेकिन उन्होंने सुनना नहीं चाहा।

अब, वे सब बातें जानी नहीं जा सकतीं।

यही सब सोचते-सोचते, अठारह दिन बाद, विनय सेन, रात के प्रायः अन्तिम प्रहर में अपनी मेज़ के सामने आ बैठे। मेज़ पर डाक की पहाड़ जमी हुई थी। ढेरों शोक, हमदर्दी ज्ञापन! उनकी मामूली चिट्ठी-पत्री मुहल्ले का बेरोजगार लड़का, अलक ही लिख दिया करता था। परीक्षा देकर, वह बैंक-क्लर्क होकर बैंक-नौकरी में शामिल हो गया। उसकी लिखावट अच्छी थी। बुद्धिमान लड़का था! ऐसे किसी एक लड़के की, विनय को आजकल सख्त ज़रूरत थी।

चिट्ठी-चपाती लिखना, प्रूफ़ देखना, संवाददाता बनकर लिखना और प्रूफ पहुँचाना, जीवनी-उपन्यास के इतिहास के अंश का नकल करके सजा देना—बज्रासना का वह नाछोड़बन्दा पाठक तो लिखकर ही खलास हो लेता है कि किसी सुरक्षित जगह पर बैठकर जीवनी-उपन्यास मत लिखो। इन किताबों

ने जो पोजीशन, जो सुरक्षा दी है, उसी का दाम क्या कम है? किताबों की बिक्री, यात्रा-स्वत्व, फिल्म-स्वत्व, नाट्य-स्वत्व के प्रसंग में प्रकाशक कहता है, "यह सिरीज़ सोने के अण्डे देनेवाली हंसिनी है। अब धर्म-टर्म पकड़ो! इनकी बिक्री देखी है?"

"सोचता हूँ, गोर्की को पकड़ूँ।"

"गोर्की को? क्यों?"

"अब और तरह के पाठक जुटाने होंगे न?"

"जात्रा चलेगी?"

"कुछ भी चल सकता है। सभी कुछ तो चलता है।"

और मेज़ पर वही हरा लिफाफा!

"...शोक सान्त्वनातीत है! लेकिन किसी अपरिचित का सान्त्वना देना धृष्टता है, अशोभन है, क्योंकि यह आखिरी मुक्ति-कर्म है। कलकत्ते ने आपको एक चेहरा दिखाया है। कलकत्ता के और भी हज़ारों चेहरे हैं।"

यह पत्र-लेखक आखिर है कौन? वह अपना पता क्यों नहीं देता? डाक की मुहर 'चन्दन वन'। ऐसे सुन्दर नाम का गाँव कहाँ है? वहाँ क्या सच ही चन्दन पेड़ों का वन है? वैसे यह नाम गड़बड़िया भी हो सकता है। बस की बॉडी पर 'फूलदार' लिखा देखकर वे उद्दीप्त हो उठे। बाद में उन्हें दोबेड़े स्टॉप पर उतरकर, कई मील पैदल चलना पड़ा।

'फूलदार' नाम की रूमानियत ने उन्हें विवश कर दिया। वहाँ पहुँचकर उन्होंने देखा कि सरस्वती नदी की जमी छाती पर 'द' के आकार खोदकर, कुछेक बालक-बालिका गिल्ली-डण्डा खेल रहे थे! गिनती के हीगलों और घास-फूस की तेरह झोंपड़ियाँ और करीब ही ईंटों का भट्ठा!

एक गिलास पानी पिलाकर बूढ़े—मुसलमान किसान ने कहा, "इस इलाके को 'सूखा इलाका' लिखा दें, बाबू, वर्ना कोई नहीं बचेगा। कहने को तेरह झोंपड़ी हैं, मगर रहते हैं कुल छह परिवार! बाकी लोग काम की खोज में चले गये हैं!"

यहाँ चन्दन कहाँ है? कहाँ, किसी चाय की दुकान में या किसी की झोंपड़ी के दरवाज़े पर बैठकर, वह आदमी बासी अख़बार पढ़ता हो! ख़बरें जुटाता होगा। उसके बाद किसी बैग या झोले से हरा लिफाफा निकालकर

ख़त लिख मारता होगा! हरा लिफाफा खत्म हो जाएगा, तो वह कैसे लिफाफे में ख़त लिखेगा?

वे ख़त, मेज़ पर सजे हुए थे, मानो बाँटकर अलग-अलग रख दिया गया हो। यह किसने कहा? विनय ईषत् अवाक्, ईषत् कौतूहली हो आये।

रमा चाय लेकर कमरे में दाखिल हुई। दिन की शुरुआत नीबू-चाय से!

"ये पत्र देखकर लगा कि यह सब शोक जताकर लिखा गया है। ज़रा देख लें।"

विनय असम्भव अवाक् हो आये। ज़िन्दगी में उन्होंने कभी नहीं सोचा था कि रमा इस ढंग से मदद के लिए आगे बढ़ आएगी।

"देखता हूँ! लेकिन...ये तो अनगिनत हैं!"

"स्वाभाविक हैं।"

"क्या करूँ?"

"आप इन सबका जवाब देंगे?"

"ना! अब, और क्या लिखना है?"

"इन्हें एक ओर रख दें। मैं ऐसा करती हूँ कि एक कॉपी में यह नोट करके रख लेती हूँ कि किसने क्या लिखा। उसके बाद, अख़बार में एक व्यक्तिगत कॉलम में दे दिया जाएगा।"

"अख़बार में?"

"यही तो सुविधाजनक है।"

"फिर नोट रखने की क्या ज़रूरत है?"

रमा कुछ देर ख़ामोश रही।

थोड़ा ठहरकर उन्होंने कहा, "उसने कहा था कि दर्ज रखें, तो बेहतर!"

विनय भी समझते थे कि यही बेहतर होगा। बेटी, वितस्ता सेन की शोचनीय मृत्यु पर, जिन लोगों ने शोक-सन्देश भेजा था, उनलोगों में प्रत्येक को विनय सेन और सविता सेन धन्यवाद ज्ञापित कर रहे हैं और व्यक्तिगत तौर पर पत्र न लिखने की अक्षमता पर माफी माँगी है।

इस किस्म का सन्देश, पहले जब भी उन्होंने देखा, इसे 'अतिशयता' या 'रुचिहीन' बताया। लेकिन अब, उनकी समझ में आ रहा है कि यूँ विज्ञापन देकर माफी माँगना, कभी-कभी जरूरी हो आता है।

यूँ भी किसने, क्या लिखा, अगर यह लिखकर न रखा जाए, तो उन लोगों के शोक के समय, अपनी तरफ से वे शोक कैसे जताएँगे? शोक के मुकाबले सामाजिक रीति-नीति कम सबल नहीं होती। हाँ, यही ठीक रहेगा! रमा लिख रखे!

"आज बुआ आ रही हैं।"

"कौन? बिजली?"

"हाँ—!"

"रुकेगी यहाँ?"

"कुछ दिनों तो ज़रूर!"

विनय काफी निश्चिन्त हो आये। बिजली ही रमा को रुला पाएगी। उसे सहज कर पाएगी। दोनों हमउम्र हैं। उनमें घनिष्ठता भी बहुत ज्यादा है!

"क्या अरुण भी आ रहा है?"

"नहीं, लगता तो नहीं। कुनू दम्पत्ति अभी भी इंग्लैण्ड की सैर पर हैं। वे दोनों ही प्राणी अगर चले आये तो कुनू पति-पत्नी के बच्चों को कौन देखेगा?"

हाँ, यह तो सच है! सन् उन्नीस सौ चौवालीस में जब पार्टी की धूम थी, तब अरुण भी विनय के साथ घूमते थे। उसके बाद उन्होंने बिजली से शादी कर ली। हमेशा ही नयी-नयी चीजों में मगन हो जाने को उत्साहित रहते थे। अपनी बेटी का विवाह कर देने के बाद, उन्होंने दन्न से नैनीताल के करीब ज़मीन खरीद ली और वहाँ सेबों की खेती करने चले गये।

खैर, सेब का धन्धा तो नहीं चला। हाँ, खेती-बाड़ी खासी जम गयी, जिसे कहते हैं भलेमानस किसान बन गये।

बीच-बीच में वे ख़त लिखते रहते थे—"बंगालीपन छोड़ो, यार! शारीरिक श्रम करो, विनय। चले आओ यहाँ!"

अपने माँ-बाप के पास छोड़कर कमलिनी अपने पति के साथ विलायत गयी थीं! सैर-सपाटे के इरादे से ही गयी थीं। उनकी योजना थी कि बेटे उनकी माँ के पास ही रहेंगे, नैनीताल में पढ़ाई करेंगे।

इसके बावजूद, बिजली आ रही थी। बिजली की इस अपार आजादी से सविता चिरकाल ही ईर्ष्या करती आयी थी। अरुण जितना अपनी सास के भक्त थे, उतने ही बीवी के भी अनुगत थे।

उन्होंने अपनी बीवी को समझाया होगा—"चली जाओ! अभी वहाँ जाना ज़रूरी है।"

रमा ने कहा, "बुआ जी अगर माँ को कुछ दिनों के लिए अपने साथ ले जाएँ, तो बहुत अच्छा हो।"

"शुभ्र क्या कहता है?"

"उसी ने तो माँ से कहा।"

"चलो, ठीक है, चली जाएँ।"

उसके बाद सविता विचित्र-विचित्र बातें छेड़ बैठीं। मसलन, सूबू के मामले में, बूबू के विवाह में उनकी कोई भूमिका ही नहीं थी।

"तुम अगर इस तरह सख्त न होते, तो इतने दिनों में सूबू के साथ मेलजोल हो जाता। उसके बाल-बच्चे इस घर में आने-जाने लगते। अब, समूचा मकान सन्नाटा ओढ़े रहता है! मेरी छाती पर जैसे चट्टान जम गयी है। अब, बूबू के बेटे को तो वे लोग आने नहीं देंगे।"

विनय सोचते रहे और उन्हें अहसास भी हो आया कि वाकई, घर में बेहद सन्नाटा छाया रहता है। इन दिनों पहली बार वे लगातार इतने अर्से से घर में हैं। उन्हें अहसास होता रहा कि यहाँ सविता का वक़्त कैसे गुज़रता होगा। हाँ, उस तरफ, किरायेदारों के दो परिवार ज़रूर रहते हैं। लेकिन, उनके मकान और इस मकान के बीच में दीवार जो खड़ी है।

स्वर्गीय सुरधुनि के बेटे ने जो मकान बनवाया, उसमें यह क़मरा, बीच का दालान, आँगन, रसोईघर के अलावा अब कुछ भी नहीं रहा, हालाँकि उसी मकान के ढाँचे पर ही, वह मकान बढ़ाया गया। किरायेदार वाला हिस्सा छोटे भाई का था। चेतला में फ्लैट खरीदकर, वह अपने फ्लैट में चला गया। भुवनेश्वरी का हिस्सा बिजली को मिलना था। लेकिन बिजली ने तो बहुत पहले ही लिख-पढ़ दिया था—उनका कोई दावा नहीं है। बाकी दो बहनें, जाने कब ही दिवंगत हो गयीं। सूबू के दावे का कोई सवाल ही नहीं उठता। उसने भी लिख-पढ़ दिया था कि उसे कुछ नहीं चाहिए। बूबू अगर ज़िन्दा होती, तो उसके हिस्से की बात ज़रूर उठती। लेकिन वह प्रश्न भी चुक-बुक गया। यानी अब सबकुछ विनय था। उसके बाद शुभ्र का! छोटे भाई ने यह इन्तजाम भी कर दिया था कि भुवनेश्वरी जब तक ज़िन्दा हैं, घर-किराये की रकम उन्हें ही मिलेगी!

भुवनेश्वरी ज़िन्दा है; आज भी ज़िन्दा हैं। लेकिन बिल्कुल विचलित कर देनेवाली घटना यह थी कि विनय को अचानक अहसास हो आया था कि जैसे उन्होंने किसी की परवाह नहीं की, परिवार के किसी भी व्यक्ति के बारे में कभी कुछ नहीं सोचा, प्रबल प्रचण्डता से सिर्फ अपने ही बारे में सोचा, वे भी इनलोगों के लिए खूब जरूरी नहीं हैं।

इस मकान के प्रति, व्यक्तिगत मिल्कियतवाली सम्पत्ति में विनय विश्वास नहीं करते थे। अनर्जित सम्पत्ति में भी उन्हें वितृष्णा थी। वैसे यह मकान बेहद ममता से, टुक-टुक करके बढ़ाते गये। शुभ्र लोगों का बैठक कमरा और सोने का कमरा और टाली की छादनावाला बरामदा उन्होंने ही जोड़ा। बेटियों का सोने का कमरा और पढ़ने का कमरा तो अब यूँ ही पड़ा रहता है। रहना-सहना दूसरी मंज़िल पर होता है और तीसरी मंज़िल पर भुवनेश्वरी का विशाल कमरा!

नीचे विनय के कामकाज का कमरा! मकान का प्राचीनतम कमरा! रात को जब सभी लोग अपना-अपना काम निपटाकर सोने चले जाते हैं, नीचे, जब वे अकेले हो जाते थे, तब कितने ही दिनों शुभ्र कह चुका था, “किसी दिन तुम्हें भूत धर दबोचेगा, देखना!”

इस मकान से शुभ्र को कोई माया-ममता नहीं थी।

एक दिन क्या, एकाधिक दिन वह दुहराता रहा है, “क्या होगा, यह म्यूज़ियम पालकर? कुछ दिन घर छोड़कर, कहीं और जाकर रहो। यह घर ढहाकर, यहाँ की ज़मीन काम में लगाऊँ। दस कट्‌ठे की इतनी बड़ी ज़मीन है!”

“क्या करोगे?”

“सारा मकान तोड़-फोड़ दूँगा। कर्ज लूँगा, पार्टी से एडवांस लूँगा। छह मंज़िली इमारत बनाऊँगा। हर मंज़िल पर चार-चार फ्लैट होंगे। उसमें चार फ्लैट हमारे होंगे, बाकी सारे फ्लैट बेच दूँगा।”

“खैर मेरे जीते-जी तो नहीं...”

“बापी, यह तुम्हारे सेण्टीमेण्ट की बात है।”

“चलो, यही सही!”

“ऐसे मकान में कोई रहता है, भला?”

"फ्लैट ही क्या सारी समस्याओं का उत्तर है।"

"कम से कम काफी सभ्य उत्तर है।"

आजकल शुभ्र अक्सर कहता है कि वह खुद ही बैंक के जरिये फ्लैट खरीदकर, अलीपुर चला जाएगा।

शुभ्र उन पर निर्भरशील नहीं है। छोटा भाई, भुवनेश्वरी के जीते-जी अपने हिस्से का मकान-किराया, माँ को दे रहा है। भविष्य में भी देता रहेगा। किसी समय इसी किराये की रकम से गृहस्थी चलती थी।

माँ भी विनय पर निर्भरशील नहीं है।

बूबू के चले जाने के बाद, अपने साथ रहने की इतनी मुहलत पाकर, विनय को अचानक-अचानक लगता है कि अगर सहसा उनकी मृत्यु हो जाए तो इन लोगों की जीवनचर्या में, कोई खालीपन नहीं आएगा।

यह ख़याल उनके मन में बेतरह कँपकँपी भर देता है।

इसके अलावा, उनके मन में अपराध बोध भी मौजूद है! बूबू के बारे में प्रचण्ड अपराध बोध। मण्टू-परिवार की तरफ से असम्भव ज़ोर डाला जाता रहा! नामी-गिरामी पिता, दामी छात्रा, गाना गाती थी, देखने में भी नरम और सुश्री! पद्मराग हाउस! वहाँ सबकुछ था! रुपये-पैसे, कुछेक आनुष्ठानिक डिग्रियाँ, लेकिन यह संस्कृति तो नहीं थी। इस युग में सिर्फ दौलत भर होने से समाज में वैसी जगह नहीं मिलती, हालाँकि जिन-जिन कारणों से उन लोगों ने बूबू को पसन्द किया था, उन्हीं सब कारणों से वे लोग वितृष्ण भी हो गये।

बूबू को नौकर-चाकरों में फर्क रखकर बात करना नहीं आता था। बूबू इस घर में आने के लिए सास से अनुमति लेना ज़रूरी नहीं समझती थी।

वह बँगला में बातचीत करती थी, हालाँकि बूबू के ननदोई लोग बंगाली होते हुए भी अंग्रेज़ी में ही बोलते-बतियाते थे।

बूबू सूती साड़ियाँ पसन्द करती थी। गाने के किसी कार्यक्रम में, रेडियो कार्यक्रमों में, मण्टू को उसका अभिभावक बनकर आना-जाना, बूबू को इस कदर नापसन्द था कि आजकल वह जाना ही नहीं चाहती थी।

इसी तरह सबकुछ राई से पहाड़ बनता जा रहा था और मण्टू के मन में हीनता, ईर्ष्या और आक्रोश जमता जा रहा था। सुनने में आया कि बूबू

कहा करती थी, अक्सर ही कहा करती थी—"सुनो, तुम तमीज़ से बातें करना! भलेमानस की तरह!"

मण्टू कहता था, "जब माँ चाहती हैं, तो गहना गुरिया पहनकर रहा न करो। यह कोई तुम्हारे लेखक बाप का घर तो है नहीं। तुमलोगों का घर! तुमलोगों का परिवार। अबाध मेलजोल रखनेवाली, आज़ाद दीदी। वह तो और ही जात की घरनी है। कहते हैं, तुम्हारी दादी, देश का काम करती थीं! देश का काम! लेकिन दस लोगों को भी खिलाने की औकात है क्या? अपने कारखाने में मैं...। मैं अपने कारखाने में पूरे डेढ़ सौ लोगों को आहार देता हूँ। यह याद रखना—"

बूबू के नाम अगर कोई ख़त आता था, तो पहले सास ही खोलती थी। बूबू जब पीहर आती थी, तो सास साथ आती थी और अपने साथ ही लिवा ले जाती थी।

वहाँ वे कुछ-कुछ देखती थीं और नौकर-चाकरों से कुछ-कुछ सुनती थीं।

बूबू झल्लाकर कहती थी, "मुझे छोड़ दो, भई!"

मण्टू कहता था, "ऐसा भूले से भी मत सोचना। हमारे घर में तलाक का रिवाज़ नहीं है! यह सब यहाँ नहीं चलता। इसके अलावा, शादी एक स्थायी मामला है।"

ऐसे ही सब चल रहा था, चलता भी रहता। बूबू का जीवन अगर उसी तरह रहता, तो मुमकिन है, वह भी उनलोगों जैसी ही हो जाती। किसी दिन उसके बेटे की भी शादी होती और नियम मुताबिक नयी बहू, सोने पर हरी मीनाकारी किये हुए केले के पत्ते पर खाना खाती।

यह एक दिन सब उलट-पलट क्यों गया?

अब पता चला है कि बूबू मुक्ति पाने के लिए पागल हो उठी थी। वह विनय के पास चली आना चाहती थी। वैसे यह अपनी इच्छा-मुताबिक काम करने की चाह का लक्षण था। लेकिन...अगर ऐसा ही था, उसमें इतनी ही निजता थी, तो बूबू ने इस बात पर ज़ोर क्यों नहीं दिया कि वह मण्टू से शादी नहीं करेगी, बल्कि अतनु से करेगी?

यही सब सोचते-सोचते ही विनय, भुवनेश्वरी के कमरे में दाखिल हुए!

"माँ, तुम जाग गयीं?"

"हाँ, मेरी भोर तो काफी पहले ही हो जाती है।"

"चाय पी ली?"

"हाँ, पी ली।"

"क्या सोच रही हो?"

"मैं? और सोच रही हूँ?" भुवनेश्वरी के चेहरे पर क्षीण-सी मुस्कान झलक उठी।

सबसे पहले, उन्हें बेहद पुरानी-धुरानी बातों का ख़याल आया—बूबू इस उम्र में क्यों चली गयी? मैं क्यों नहीं चली गयी? उसके बाद, उन्हें ख़याल आने लगा—वह कोई अपनी इच्छा से तो गयी नहीं। उसकी मौत तो बुलायी गयी। अगले ही पल उनके मन में सवाल जागा—देश क्या वाकई बहुत ज्यादा आगे बढ़ा है?

"मसलन?"

"पहले हम सतीदाह किया करते थे और अब शिक्षा-प्राप्त सम्भ्रान्त घरों में हम बहुओं को जला डालते हैं, हालाँकि कितने-कितने राममोहन-विद्यासागर वगैरह की कीर्ति...कितने मनस्वी...कितने रकम के आन्दोलन हुए। आज़ादी मिल गयी, तो उसके बाद भी कितने-कितने आन्दोलन हुए, लेकिन, किसी तरह भी मन में कोई परिवर्तन नहीं आया। परिवर्तन...हो सकता था, होना चाहिए था...कहाँ हुआ परिवर्तन?"

"यही तो घटना है।"

"दोष सिर्फ एक पक्ष का नहीं है। माँ-बाप ने बेटी को उच्च शिक्षित किया, वह भी मानो किसी तरह अमीर दामाद पाकर धन्य हो जाने जैसा भाव दिखाते हैं।"

"भूल भी तो हो जाती है, माँ!"

"भूल? यह शायद भूल नहीं है।"

भुवनेश्वरी कुछेक पलों के लिए चुप हो रहीं। उस वक्त, अगर उनके चेहरे पर नज़र डालो, तो साफ जाहिर हो जाता है कि मौत कितनी करीब है। चेहरे पर जैसे कहीं, कोई छाया पड़ रही हो! समूचा घर दवाओं से भरा हुआ! कमरे में चारों तरफ दवाओं की गन्ध फैली हुई!

"यह भूल नहीं, मूल्यबोध का अभाव है। पुराने मूल्यबोध खो गये हैं, नया कोई मूल्यबोध गढ़ा नहीं गया। पुराने संस्कार भर रह गये।"

भुवनेश्वरी दोबारा कुछेक पलों के लिए ख़ामोश हो रहीं।

"बात करने में काफी तकलीफ हो रही है, माँ?"

"ना! कहाँ? नहीं तो।"

"दर्द क्या काफी बढ़ गया है?"

"न-हीं! अब नये सिरे से क्या...?"

"तुम्हारा बिस्तर इतना ऊँचा क्यों लग रहा है?"

"शुभ्र दो डनलप-पिलो ले आया है।"

"वे लोग आते हैं? शुभ्र? रमा?"

"आते क्यों नहीं हैं? अलबत् आते हैं।"

"आज बिजली आ रही है।"

"आ रही है?"

भुवनेश्वरी ने ज्यादा आग्रह नहीं दिखाया।

उन्होंने धीरे से कहा, "आना तो चाहिए!"

"लगता है, जैसे तुम कुछ कहना चाहती हो?"

"इस वक्त अगर सूबू भी आ जाती तो सविता को अच्छा लगता।"

"सूबू क्या आ नहीं सकती थी?"

"यह तो तू ही भली तरह जानता है। अब तो उसका ब्याह मान लेने का कोई सवाल ही नहीं उठता। ब्याह तो कभी का ही हो गया। अब, तो तुम दोनों की ज़िद का मामला है।"

"तुम भी यही कहोगी?"

"हाँ, बीनू, आज के मुक़ाबले उस ज़माने में हम ज्यादा सहज थे। लतीफ'दा के साथ सुषमा का ब्याह हुआ। मैं भी गयी थी। इस बात से तेरी दादी कितना नाराज हुई! कित्तना-कित्तना नाराज़!"

"सच्ची! तुम न दुर्धर्ष थीं।"

"दुर्धर्ष होने की बात नहीं है, रे!"

भौंहें सिकोड़कर भुवनेश्वरी जाने क्या तो सोचती रहीं।

थोड़ा ठहरकर उन्होंने कहा, "अपने बूते भर पार्टी का काम करती थी। तुम लोग तो हँसोगे कि माँ क्या काम करती होगी। अरे, मैं अख़बारों में पोस्टर लिखा करती थी; गोंद बना देती थी।"

"पोस्टर चिपकाने भी जाती थी?"

"वो बीना, चपला थीं न! वो लोग ले जाती थीं, तो चली जाती थी। सभा-समिति करती थी! हाँ, रे, बीना कैसी है, रे?"

"कमल ने नहीं बताया?"

"कमल डॉक्टर? अरे, वोऽऽऽ? डॉक्टरी करता है और चला जाता है। माँ की ख़बर देने की उसे फ़ुर्सत कहाँ है?"

विनय ईषत् ख़ामोश रहे।

थोड़ा ठहरकर उन्होंने ज़ुबान खोली, "बीना मासी तो अब नहीं रहीं, माँ! आज करीब डेढ़ बरस हुए..."

"बीना भी नहीं रही?"

"नहीं, माँ, दिल्ली में ही..."

"हाँ, वह तो अमल के पास ही रहती थी!...अब, बीना नहीं रही! कितने लोग नहीं रहे! कितने लोग चले गये...यही सोचती हूँ।"

"तुम सुषमा मौसी की शादी के बारे में कुछ कह रही थीं न?"

"हाँऽ, वही जो पार्टी का कामकाज, जित्तना-सा हो सकता था, करता थी। हद आदर्शबोध था कि ज़ुबान से जो कहूँगी, वही करूँगी भी! कथनी और करनी में फ़र्क़ होता था, तो बड़ी तकलीफ होती थी। इसीलिए तो मैं तुमसे कह रही थी कि खुद खड़ा होकर सूबू का ब्याह कर दे। अगर कर दिया होता, तो अभी..."

विनय को भी लगातार ख़याल आता रहता था कि इन दिनों सूबू यहाँ आती, तो घर का बोझिल-असहनीय माहौल ज़रा हल्का होता। हाहाकार करके अगर रो लेते, तो भी होता। सहज होना बेहद मुश्किल है। बेहद शरीफ और सभ्य होने में भी काफी झमेले हैं। आज के ज़माने में भी सविता का पल्ला भारी था।

हाँ, सविता को अगर गुस्सा चढ़ जाता था, तो वे हमेशा ही ज़रा अमार्जित! ज़रा रूखी हो जाती थीं। यह उनका स्वभाव था।

देखा गया, शोक में भी वही रूप! अभी-अभी बुबू की कुछेक सहेलियाँ यह बताने आयी थीं कि वे लोग कुछेक गाने गाकर बूबू की स्मृति को श्रद्धांजलि देंगी। अभी न सही, कई दिन बाद!

सविता ने साफ सुना दिया, "यह सब सुनना, मुझे कतई भला नहीं लग रहा है, अन्तरा! गाना सुनकर क्या होगा? गाना गाकर भी क्या होगा? अब सुनने में आया, तुम लोगों को बहुत सारी बातों की जानकारी थी। जब वह ज़िन्दा थी। तभी अगर हमें बता देतीं, जो मुमकिन है, मैं उसे लिवा लाती।"

अन्तरा बेहिचक सुना सकती थी कि बूबू की वहाँ शादी करके ही आप लोगों ने गलती की है। उसी गलती के फलस्वरूप ऐसा काण्ड हुआ।

लेकिन, आजकल की लड़कियाँ सच ही मार्जित होती हैं। अन्तरा ने कोई जवाब नहीं दिया। उसने समयोचित आचरण किया।

उसने खिन्न-हताश लहजे में कहा, "वह बात क्या हम सबका इन दिनों पीछा नहीं करती? हमें क्या इसका अफसोस नहीं है? अच्छा, चलती हूँ, मौसी जी!"

चूँकि सविता की बेटी मर चुकी है, चूँकि अब उनसे कोई कुछ नहीं कहेगा, इसलिए अब वे जिस-जिस को बूबू की मौत के लिए जिम्मेदार ठहरा रही थीं, तरह-तरह की बातें कर रही थीं।

विनय ने उन्हें समझाने की कोशिश की, "यह सही नहीं हो रहा है।"

जवाब में सविता ने कहा, "मत बोलो! तुम कुछ मत बोलो। तुमने...तुमने ही अतनु को हटा दिया, मण्टू के साथ ब्याह तय कर दिया..."

"तुम तो खूब खुश हुई थीं, सविता!"

"तुम अतिशय ज्ञानी-गुणी हो; तुम्हें बहुत ज्यादा समझ है—हमेशा यही जाना है मैंने! मैंने तुम पर भरोसा किया था! तुमने कहा था—बड़े अमीर लोग हैं! बूबू वहाँ खूब सुखी रहेगी? देख लिया, उन लोगों का घर-मकान-गाड़ी-कारोबार...सभी तो पड़ा रहा और मेरी बेटी..."

विनय को अब बखूबी समझ में आ रहा है कि बूबू पर भयंकर अन्याय उन्होंने ही किया था। लेकिन वे ऐसा कैसे सोच सकते थे कि मण्टू ऐसा काण्ड करेगा?

विवाह से पहले जो सब था बूबू का आभूषण—उसका चेहरा, गाने की क्षमता...विनय सेन की बेटी होने की वजह, संस्कृति-समृद्ध खानदान—वही सब विवाह के बाद उन लोगों की नज़रों में यूँ ख़ारिज हो जाएगा, इसकी क्या विनय ने कल्पना भी की थी?

ी यही सब सोचते रहे।

भुवनेश्वरी ने कहा, “तू भी भला रात-दिन घर में क्यों पड़ा
भी स्वाभाविक हो जा!”

करूँ मैं?”

तो तू घर पर इतना नहीं रहता था।”

काफी सच थी। चूँकि यह बात सच थी, इसलिए वे एकदम से
ुम सब ऐसे पेश आ रहे हो, मानो मैं कोई अमानुष हूँ! जानवर
र में रह रहा हूँ, उसमें भी कितनी-कितनी बातें! बूबू तो मेरी
! क्यों थी या नहीं?”

री ने अचकचाकर उनकी तरफ देखा! नीता ढेर सारे काग़ज़-पत्तर
मरे में दाखिल हुई। वह भी जहाँ की तहाँ ठिठक गयी।

दनदनाते हुए नीचे उतर आये।

ीं रही। अत्यन्त निर्ममता से उसकी ज़िन्दगी ख़त्म कर दी गयी।
में शोक नहीं, अब ढेरों अदृश्य शक्तियों का घात-प्रतिघात चल

लिखने की मेज़ पर वे बेहद राहत महसूस करते थे! कौन हो
री माँ, पत्नी, बेटे, बेटे की बहू—मेरी ढेर-ढेर कोशिशों से इतने
-गढ़ा संसार, तोड़ बिखेरकर, मुझे अपने ही सामने खड़ा करना
मुझे प्रतारक साबित करना चाहते हो?

ारक नहीं हूँ। हाँ, तुम लोग कहोगे, मेरा सारा लेखन सुविधावादी
ी कहना चाहो, कहो!

ने राममोहन और मधुसूदन पर उपन्यास लिखा है।

ी भावमूर्ति प्रोज्ज्वल है, जिन्हें सभी लोग जानते हैं, उनके बारे में
? तुममें से जो लोग यह कहते हो कि रेनेसाँ के बारे में लिखना
है; तुम लोग रेनेसां की उड़ा दोगे? ना, रेनेसां को समर्थन करते
ोग अभी भी गिनती में बहुत ज्यादा हैं।

ो उस सम्पादक रजत की ही बात मान लेनी चाहिए।

तो मौजूद है। वह किसी के भी सात-पाँच में नहीं रहता। अति
ध बंगाली है। हाँ, साल में दो-एक दिन रजत बिल्कुल अग्निगर्भ

“सूती साड़ी क्यों पहनती हो? सूती साड़ी? यह क्या अपने बाप का घर समझ रखा है?”

“जब माँ कहती है, तो तुम्हें उडेट से ही हेयर-डू कराना होगा। यह तुम्हारे बाप का घर नहीं है।”

“तुम्हारी साड़ी-कपड़े अगर नौकर-नौकरानियों को देना है, तो माँ हाथ उठाकर देगी। तुम उन लोगों से बतियाती रहती हो, अपनी साड़ी-कपड़े खुद ही दे देती हो। छिः! छिः!”

“तुम्हारे गानों का प्रोग्राम हुआ, तो अलबत मुझे बताओगी! कैसी चैरिटी है? कौन लोग कर रहे हैं? हैरत है! तुम इस घर की बहू हो...”

बूबू को उन लोगों ने कुचल-पीस डाला था। वह नरम स्वभाव की लड़की थी। उसके लिए अनगिनत काली-काली छायाओं से निरन्तर जूझना सम्भव नहीं था। ज़िद या लड़ाई करना, उसके स्वभाव में ही नहीं था।

इस मकान में मण्टू का आना बिल्कुल बँधे-बँधाये समय में होता था। वह बूबू को लेने आया करता था।

—नहीं, मैं कुछ खाऊँगा नहीं।

—प्लीज, मुझे माफ करें।

“बूबू सिर्फ चन्द घण्टों के लिए आया करती थी। साथ में सास भी चिपकी होती थी। बूबू अपने बेटे को लेकर नहीं आती थी।”

सास कहती थी, “नहीं, नहीं! बच्चे का हर काम, समय से करना पड़ता है। आपकी पोती के भरोसे तो मैंने अपने पोते को रखा नहीं है। उसके लिए दो-दो डिग्रीधारी नर्स रख छोड़ी हैं मैंने।”

अपनी सन्तान पर भी क्या बूबू का कोई अधिकार था? शायद अधिकार था या नहीं भी था।

विनय इन दिनों हर पल अपने को दोष देते रहते हैं। लोगों के हर आचरण, हर दृष्टि, बातचीत में यह खोजते रहते हैं कि वे लोग भी उन्हें ही अपराधी मानते हैं या नहीं। अगर कोई अपराधी होने का दोषारोपण करता था, तो वे भड़क जाते थे और आत्मसमर्थन में असंख्य युक्ति खड़ी करते थे।

हैरत है! घोर हैरत है! जो कहना है, चिल्लाकर कहो। मुझे जो कहना है, मैं भी कहूँगा। मैं तो बूबू का पिता हूँ, क्या मेरा दिल नहीं टूटा है?

माँ होने की कितनी सुविधाएँ हैं। माँ होने की वजह से सभी लोग उसे घेरे रहते हैं। उसे अत्यन्त रूखे और अप्रिय काम नहीं करने पड़ते थे। पिता पुरुष हैं! उस ज़माने में उन्हें सख़्त-पुख़्ता भूमिका निभानी पड़ती थी।

मोमिनपुर-काँटापुकुर मुर्दाखाने में जाने के ख़याल से ही, विनय का तन-बदन बार-बार निढाल हुआ जा रहा था। वही बायीं तरफ की सड़क, जिस पर अनगिनत लोगों का आना-जाना था। लेकिन फिर भी वह जगह, वहाँ से कभी हटायी नहीं गयी। पिछवाड़े नहर थी या गहरी नदी या कुछ और! हमेशा चील उड़ते हुए। तीखी! बेहद तीखी दुर्गन्ध! आस-पास कई-कई फाइलों तक इनसान बसे क्यों हैं? रहते कैसे हैं?

बरामदे और पैसेज में कई-कई हज़ार मर्तबानों में कई-कई हज़ार फुसफुल! और भी बहुत कुछ।

"जाओ! तुम जाओ!" सविता मानो प्रतिहिंसा से पागल हो उठीं, "तुम सामने रहो। वे लोग वहाँ कोई उलट-पलट कर सकते हैं। हाथ की सफाई दिखा सकते हैं।"

मानो यह भी सम्भव हो। सभी मामले में हाथ की सफाई नहीं चलती।

वह सिर्फ विनय की ही बेटी नहीं थी, वह भुवनेश्वरी की पोती भी थी। जीवन बराट जब नौजवान राजनीतिक कर्मी थे, कुमिराबेहिया से फरार थे, तब भुवनेश्वरी के ही आश्रय में तो थे। आज जीवन बराट काफी ऊपर पहुँच चुके थे। नहीं, वे कोई वजीर-अमीर नहीं थे। एक बुजुर्ग और सक्रिय नेता था। भुवनेश्वरी ने उन्हें ख़बर दी थी।

वे आयें और बेटे को बचा दें।

उन्होंने छोटे बेटे, देवीश्वर से भी कहा, "जो करना हो, तुम्हीं लोग करो। बीनू को इस मामले में मत खींचो। वह भयंकर डरपोक है। उसमें कोई मनोबल नहीं है। वह अगर इन सब मामलों में पड़ा, तो वह टूट जाएगा।"

ना, किसी भी अप्रिय काम में विनय को नहीं बुलाया गया। लेकिन अब सभी की आँखों में शिकायत भरी होती थी। यह देखकर विनय बेतरह सुलग उठते थे।

ठीक है! सूबू की शादी को वे स्वीकृति नहीं दे सके, मगर बूबू के विवाह में तो सहमति दी थी। तुम लोगों को जो भी कहना हो, चीख-चीखकर कहो।

लेकिन, नहीं, कोई भी चीखकर
आँखें कहती थीं–तुम! तुम विनय सेन
रहे। असल में तुम अत्यन्त दकियानूस!
लेकिन अब, सभी लोग बेहद स
इसलिए ज़ुबान से सिर्फ इतना ह
–तुम्हारा यह कुर्ता धोने को दे
–बप्पा, किताब का कवर तुम्हें
कहो, तो छापने को दे दे।
यह सब काफी जटिल मामला थ
भरी हो, तो विनय विचलित हो उठते थे,
नज़र नहीं आती थी, तो उन्हें जबर्दस्त
बेहद ही सहज और स्वाभाविक रहता
शिकायत नहीं होती थी।
यह बात भी उनकी छाती में बजत
अभी उसी दिन, सविता को नहला
उसने शुभ्र से कहा, "माँ यूँ बात-बात
हैं, मेरी तो समझ में नहीं आता। बप्पा
स्वाभाविक है।"
"मसलन्?"
"मसलन् बूबू के साथ, मण्टू की शा
उनके द्वारा सबकुछ दूसरों पर छोड़ देना।
'फेस' किया है? मुझे तो ख़याल नहीं पड़
"माँ तो ऐसा बर्ताव करेंगी ही!"
"दीदी आ जाती, तो सबकुछ और तरह
"दीदी क्या आएगी?"
"लगता तो नहीं!"
"बूबू का बच्चा?"
"रूपाली बता रही थी कि उसकी का
है, हो रही होगी। वह लड़का उन लोगों क

विनय
अचानक
रहता है? तू
"क्या
"पहले
यह बा
जल उठे, "
हूँ! अपने घ
भी बेटी थी
भुवनेश
लिए-दिये क
विनय
बूबू न
लेकिन, घर
रहा है।
अपने
तुमलोग?
वर्षों में रच
चाहते हो?
मैं प्रत
है। ख़ैर, ज
हाँ, मै
जिनक
सुविधावा
सुविधावा
हो, ऐसे ल
तब
रजत
शान्त-सुब

"सूती साड़ी क्यों पहनती हो? सूती साड़ी? यह क्या अपने बाप का घर समझ रखा है?"

"जब माँ कहती है, तो तुम्हें उडेट से ही हेयर-डू कराना होगा। यह तुम्हारे बाप का घर नहीं है।"

"तुम्हारी साड़ी-कपड़े अगर नौकर-नौकरानियों को देना है, तो माँ हाथ उठाकर देगी। तुम उन लोगों से बतियाती रहती हो, अपनी साड़ी-कपड़े खुद ही दे देती हो। छिः! छिः!"

"तुम्हारे गानों का प्रोग्राम हुआ, तो अलबत मुझे बताओगी! कैसी चैरिटी है? कौन लोग कर रहे हैं? हैरत है! तुम इस घर की बहू हो..."

बूबू को उन लोगों ने कुचल-पीस डाला था। वह नरम स्वभाव की लड़की थी। उसके लिए अनगिनत काली-काली छायाओं से निरन्तर जूझना सम्भव नहीं था। ज़िद या लड़ाई करना, उसके स्वभाव में ही नहीं था।

इस मकान में मण्टू का आना बिल्कुल बँधे-बँधाये समय में होता था। वह बूबू को लेने आया करता था।

—नहीं, मैं कुछ खाऊँगा नहीं।

—प्लीज, मुझे माफ करें।

"बूबू सिर्फ चन्द घण्टों के लिए आया करती थी। साथ में सास भी चिपकी होती थी। बूबू अपने बेटे को लेकर नहीं आती थी।"

सास कहती थी, "नहीं, नहीं! बच्चे का हर काम, समय से करना पड़ता है। आपकी पोती के भरोसे तो मैंने अपने पोते को रखा नहीं है। उसके लिए दो-दो डिग्रीधारी नर्स रख छोड़ी हैं मैंने।"

अपनी सन्तान पर भी क्या बूबू का कोई अधिकार था? शायद अधिकार था या नहीं भी था।

विनय इन दिनों हर पल अपने को दोष देते रहते हैं। लोगों के हर आचरण, हर दृष्टि, बातचीत में यह खोजते रहते हैं कि वे लोग भी उन्हें ही अपराधी मानते हैं या नहीं। अगर कोई अपराधी होने का दोषारोपण करता था, तो वे भड़क जाते थे और आत्मसमर्थन में असंख्य युक्ति खड़ी करते थे।

हैरत है! घोर हैरत है! जो कहना है, चिल्लाकर कहो। मुझे जो कहना है, मैं भी कहूँगा। मैं तो बूबू का पिता हूँ, क्या मेरा दिल नहीं टूटा है?

माँ होने की कितनी सुविधाएँ हैं। माँ होने की वजह से सभी लोग उसे घेरे रहते हैं। उसे अत्यन्त रूखे और अप्रिय काम नहीं करने पड़ते थे। पिता पुरुष हैं! उस ज़माने में उन्हें सख़्त-पुख़्ता भूमिका निभानी पड़ती थी।

मोमिनपुर-काँटापुकुर मुर्दाखाने में जाने के ख़याल से ही, विनय का तन-बदन बार-बार निढाल हुआ जा रहा था। वही बायीं तरफ की सड़क, जिस पर अनगिनत लोगों का आना-जाना था। लेकिन फिर भी वह जगह, वहाँ से कभी हटायी नहीं गयी। पिछवाड़े नहर थी या गहरी नदी या कुछ और! हमेशा चील उड़ते हुए। तीखी! बेहद तीखी दुर्गन्ध! आस-पास कई-कई फाइलों तक इनसान बसे क्यों हैं? रहते कैसे हैं?

बरामदे और पैसेज में कई-कई हज़ार मर्तबानों में कई-कई हज़ार फुसफुल! और भी बहुत कुछ।

"जाओ! तुम जाओ!" सविता मानो प्रतिहिंसा से पागल हो उठीं, "तुम सामने रहो। वे लोग वहाँ कोई उलट-पलट कर सकते हैं। हाथ की सफाई दिखा सकते हैं।"

मानो यह भी सम्भव हो। सभी मामले में हाथ की सफाई नहीं चलती।

वह सिर्फ विनय की ही बेटी नहीं थी, वह भुवनेश्वरी की पोती भी थी। जीवन बराट जब नौजवान राजनीतिक कर्मी थे, कुमिराबेहिया से फरार थे, तब भुवनेश्वरी के ही आश्रय में तो थे। आज जीवन बराट काफी ऊपर पहुँच चुके थे। नहीं, वे कोई वजीर-अमीर नहीं थे। एक बुजुर्ग और सक्रिय नेता था। भुवनेश्वरी ने उन्हें ख़बर दी थी।

वे आयें और बेटे को बचा दें।

उन्होंने छोटे बेटे, देवीश्वर से भी कहा, "जो करना हो, तुम्हीं लोग करो। बीनू को इस मामले में मत खींचो। वह भयंकर डरपोक है। उसमें कोई मनोबल नहीं है। वह अगर इन सब मामलों में पड़ा, तो वह टूट जाएगा।"

ना, किसी भी अप्रिय काम में विनय को नहीं बुलाया गया। लेकिन अब सभी की आँखों में शिकायत भरी होती थी। यह देखकर विनय बेतरह सुलग उठते थे।

ठीक है! सूबू की शादी को वे स्वीकृति नहीं दे सके, मगर बूबू के विवाह में तो सहमति दी थी। तुम लोगों को जो भी कहना हो, चीख-चीखकर कहो।

लेकिन, नहीं, कोई भी चीखकर कुछ नहीं कहता। लेकिन उन लोगों की आँखें कहती थीं—तुम! तुम विनय सेन, जिन्दगी भर कैसी बड़ी-बड़ी बातें करते रहे। असल में तुम अत्यन्त दकियानूस! पुरातनपन्थी हो। बेहद संकीर्ण रह गये।

लेकिन अब, सभी लोग बेहद सभ्य हो गये थे!

इसलिए ज़ुबान से सिर्फ इतना ही पूछा, "थोड़ी कॉफी ले आऊँ?"

—तुम्हारा यह कुर्ता धोने को दे दूँ?

—बप्पा, किताब का कवर तुम्हें दिखाने लाया है। तुम देख लो, "हाँ" कहो, तो छापने को दे दे।

यह सब काफी जटिल मामला था। उन लोगों की नज़रों में शिकायत भरी हो, तो विनय विचलित हो उठते थे, जबकि उन आँखों में अगर शिकायत नज़र नहीं आती थी, तो उन्हें जबर्दस्त धक्का लगता था! रमा का बर्ताव बेहद ही सहज और स्वाभाविक रहता था। उसकी आँखों में कभी, कोई शिकायत नहीं होती थी।

यह बात भी उनकी छाती में बजती रहती थी।

अभी उसी दिन, सविता को नहलाकर, उन्हें उनके कमरे में पहुँचाकर, उसने शुभ्र से कहा, "माँ यूँ बात-बात पर बप्पा के सिर दोष मढ़ती रहती हैं, मेरी तो समझ में नहीं आता। बप्पा जैसे इनसान हैं, उनके लिए सबकुछ स्वाभाविक है।"

"मसलन्?"

"मसलन् बूबू के साथ, मण्टू की शादी! बूबू की मौत की ख़बर पाकर, उनके द्वारा सबकुछ दूसरों पर छोड़ देना। किसी भी दिन, कोई मामला उन्होंने 'फेस' किया है? मुझे तो ख़याल नहीं पड़ता।"

"माँ तो ऐसा बर्ताव करेंगी ही!"

"दीदी आ जाती, तो सबकुछ और तरह हो जाता। सबकुछ बदल जाता।"

"दीदी क्या आएगी?"

"लगता तो नहीं!"

"बूबू का बच्चा?"

"रूपाली बता रही थी कि उसकी काफी देखभाल हो रही है। जाहिर है, हो रही होगी। वह लड़का उन लोगों की सम्पत्ति जो है।"

विनय भी यही सब सोचते रहे।

अचानक भुवनेश्वरी ने कहा, "तू भी भला रात-दिन घर में क्यों पड़ा रहता है? तू भी स्वाभाविक हो जा!"

"क्या करूँ मैं?"

"पहले तो तू घर पर इतना नहीं रहता था।"

यह बात काफी सच थी। चूँकि यह बात सच थी, इसलिए वे एकदम से जल उठे, "तुम सब ऐसे पेश आ रहे हो, मानो मैं कोई अमानुष हूँ! जानवर हूँ! अपने घर में रह रहा हूँ, उसमें भी कितनी-कितनी बातें! बूबू तो मेरी भी बेटी थी! क्यों थी या नहीं?"

भुवनेश्वरी ने अचकचाकर उनकी तरफ देखा! नीता ढेर सारे काग़ज़-पत्तर लिए-दिये कमरे में दाखिल हुई। वह भी जहाँ की तहाँ ठिठक गयी।

विनय दनदनाते हुए नीचे उतर आये।

बूबू नहीं रही। अत्यन्त निर्ममता से उसकी ज़िन्दगी ख़त्म कर दी गयी। लेकिन, घर में शोक नहीं, अब ढेरों अदृश्य शक्तियों का घात-प्रतिघात चल रहा है।

अपने लिखने की मेज़ पर वे बेहद राहत महसूस करते थे! कौन हो तुमलोग? मेरी माँ, पत्नी, बेटे, बेटे की बहू—मेरी ढेर-ढेर कोशिशों से इतने वर्षों में रचा-गढ़ा संसार, तोड़ बिखेरकर, मुझे अपने ही सामने खड़ा करना चाहते हो? मुझे प्रतारक साबित करना चाहते हो?

मैं प्रतारक नहीं हूँ। हाँ, तुम लोग कहोगे, मेरा सारा लेखन सुविधावादी है। ख़ैर, जो कहना चाहो, कहो!

हाँ, मैंने राममोहन और मधुसूदन पर उपन्यास लिखा है।

जिनकी भावमूर्ति प्रोज्ज्वल है, जिन्हें सभी लोग जानते हैं, उनके बारे में सुविधावाद? तुममें से जो लोग यह कहते हो कि रेनेसाँ के बारे में लिखना सुविधावाद है; तुम लोग रेनेसां की उड़ा दोगे? ना, रेनेसां को समर्थन करते हो, ऐसे लोग अभी भी गिनती में बहुत ज्यादा हैं।

तब तो उस सम्पादक रजत की ही बात मान लेनी चाहिए।

रजत तो मौजूद है। वह किसी के भी सात-पाँच में नहीं रहता। अति शान्त-सुबोध बंगाली है। हाँ, साल में दो-एक दिन रजत बिल्कुल अग्निगर्भ

विस्फोटक हो उठता है। उस वक्त वह, नापाम बम बन जाता है। रजत और दारू की बोतल का मेल होते ही, बीच-बीच में सारा कुछ भयंकर तहस-नहस कर देता है।

ऐसे समय में रजत कह उठता था, "अहा! हा! क्या तेज़ दिमाग़ है! जिसे जनमानस की स्वीकृति मिल ही चुकी है, वही पुराने किस्से को पीस-मसल रहे हो और प्रगतिवादी बने हुए हो।" ऐसी सब बातें करके रजत, रात में सजग-सतर्क, चूहे के शिकार के लिए आँखें मटकाकर धूर्त शिकारी की तरह हँस पड़ा।

अगले दिन रजत दोबारा अपने पुराने मुखौटे में जा घुसा। वह फिर पहले की तरह शान्त, भद्र, सुबोध दिखने लगा। लेकिन इधर कई वर्षों से विस्फोटक के दिन, विनय को सामने पाता है, तो वह हमलावर हो उठता है।

कौन-सा रजत सच है?

मन ही मन विनय अपने विरोध पक्ष से झगड़ पड़ते हैं। वे दोबारा अपनी मेज़ के सामने आ बैठे। आज यह घर, यह कमरा मानो बहुत ज्यादा गूँगा लग रहा है, मानो यहाँ वे साँस तक नहीं ले पा रहे हैं। विनय ने अपनी घुमावदार कुर्सी घुमाकर दीवार पर नज़रें गड़ा दीं। सामने ही फलक था! सती-दाह की मूर्ति! अच्छा, उस मूर्ति का पुराना ढाँचा पूरी-पूरी तरह तोड़ा जा चुका है, भीत के ऊपर नया ढाँचा तैयार किया गया है। उस वक्त तो कुछ भी नहीं ढहा था? मूर्ति टूटने से दीवार क्यों टूटने लगी?

ना, विनय को तोड़ने का कभी ख़याल नहीं आया। मूर्ति दीवार पर टँगी है, टँगी रहे। हाँ, भुवनेश्वरी को यह ख़याल आया था। विनय की दादी बताती थीं, "वे सती-लक्ष्मी थीं। उनके यहाँ जो वैभव-समृद्धि है, वह सब उन्हीं के आशीर्वाद से है। यह बीनू खास कमाऊ नहीं हैं, घर के किराये से ही तो सब चल रहा है।"

इस मकान के आँगन में टाली जड़ी हुई है। रसोई के बरामदे की सीढ़ियाँ पत्थर की बनी हुई हैं। वक्त के साथ-साथ खिड़की-दरवाज़े भी बदले जा चुके हैं। यह कमरा अभी कुछ दिनों पहले तक बाहरी कमरा था। लेकिन इसके अन्दर की खिड़कियाँ कितनी छोटी-छोटी हैं और कितनी ऊँची हैं।

ये लोग बिल्कुल नहीं समझते कि विनय सेन ने राममोहन पर उपन्यास क्यों लिखा। इन लोगों के यहाँ सती-दाह का फलक नहीं है।

शुभ्र सारा कुछ तोड़-ताड़ देना चाहता है।

उन लोगों को इतिहास-बोध नहीं है। कोई एक घटना सुदूर अतीत में घटी थी। लेकिन वह तो इतिहास है। कुनू कमलिनी ने किसी विलायती या अमेरिकी पत्रिका के किसी शख़्स को अपने मित्र के पास भेजा था। उसने उस मूर्ति की तस्वीरें खींची थीं। विनय का बयान भी लिख लिया था।

...असल में यह ममता थी! गहरी ममता! विनय आज भी छत की कार्निस पर अगर बरगद उग आता है, तो वे उखाड़कर फेंक देते हैं। उनकी मौत के बाद, शुभ्र तोड़-ताड़ दे, मकान ढहा दे, वे तो देखने नहीं जाएँगे। इस मकान का एक इतिहास है! इसी मकान में कितने ही राजनीतिक कर्मी ठहरे रहे हैं; वे लोग यहाँ रहे हैं; यहीं, इसी मकान में जीवन बराट और उनके साथियों ने कितनी मीटिंग की हैं।

पुलिस क्या कम आयी है इस मकान में? हालाँकि अक्सर भुवनेश्वरी के पास ही आयी है।

विनय की दादी कहा करती थीं, "हुँहः मर्दानी औरत है! घर के अन्दर पुलिस तक बुलाकर छोड़ा।"

वही दादी, अपनी उम्र के आखिरी दौर में तीन वर्ष रोग भोगती रहीं। भुवनेश्वरी उस दौर में अधेड़ उम्र में थीं। कई वर्ष पहले उनकी दो-दो बेटियाँ वसन्त रोग में दिवंगत हो चुकी थीं। टीका देने का मौसम आते न आते, वसन्त फैल गया। इसके बावजूद भुवनेश्वरी ने सास की खूब-खूब सेवा की थी। दादी कहती थीं—"जिन्दगानी में मैंने कभी नहीं सोचा था कि तुम मेरी इतनी सेवा करोगी।" इन्हीं दादी से विनय ने बचपन में गंगा-स्तोत्र सीखा था।

विनय ने अपनी मेज़ पर नज़र डाली। वाकई, रमा ने काफी व्यवस्थित कर रखा था! अब कामकाज में हाथ लगाना जरूरी है, ये चिट्ठी-पत्री कितने और कैसी हैं, पता नहीं। इतनी जल्दी चिट्ठियों का ऐसा पहाड़ कैसे जम जाता है?

वे अनमनी मुद्रा में ख़त खोल-खोलकर, उन पर नज़र दौड़ाते रहे। न्ना! उत्तर कलकत्ता पुस्तकालय के जयन्ती-उत्सव में वे प्रधान अतिथि बनकर नहीं जाएँगे; सुदक्षिणा के कॉलेज में व्याख्यान देने नहीं जाएँगे। हैरत है!

फूलों की प्रदर्शनी के उद्घाटन के लिए, उनकी उपस्थिति क्यों चाहिए? और वे बैंक कर्मचारियों के सांस्कृतिक कार्यक्रम में भला क्यों जाएँ?

भुवनेश्वरी ही नहीं समझतीं कि कहीं न जाना, घर बैठे रहना, शोक को एकान्त में महसूस करना, कितना जरूरी है! दैनन्दिन जीवन, रोजमर्रा के कामकाज के आँधी-तूफान, शोक-ताप को समय नहीं देता, देना नहीं चाहता!

ये कुछेक पत्र अलग क्यों रख दिये गये हैं? लिफाफे खुले हुए थे। यानी ख़तों के वक्तव्य देखकर अलग रख दिये गये थे! रमा ने उनके भले के लिए ही ऐसा किया होगा, फिर भी उन्हें झुँझलाहट हुई! कोई भी, उनके नाम का ख़त क्यों खोलता है? लेकिन, मन ही मन कहीं अभिभूत भी हुए। उनके तृषित-तापित आसमान के किसी कोने में जल से भरे मेघ का प्रलेप भी लगा। रमा उन्हें इसी ढंग से यह जता रही है कि वह विनय के बारे में यथेष्ट सोचती है...यथेष्ट चिन्तित भी है। वह इसी ढंग से जता रही है।

पाठकों के ख़त! कलकत्ते के बारे में कोई विराट-बृहद कृति, वे कब रचेंगे? पाठक यही प्रत्याशा लिए बैठे हैं। हैरत है, सुदूर पंजिम में उनके पाठक बैठे हैं। विनय के कमज़ोर, एकाकीपन में निर्वासित मन को जैसे भरोसा मिला। हाँ, खूब सोच-विचारकर, खूब मेहनत करके, गम्भीर सच्चाई और ईमानदारी से वे ज़िन्दगी का सबसे बड़ा काम करेंगे। कलकत्ते का एकसाथ हज़ारों चेहरे, हज़ारों मुखौटे उन्हें बनना ही होगा। कलकत्ते के तमाम उच्चवित्त, मध्यवित्त, सड़क पर पड़े इनसान, उत्तरप्रदेश और बिहार से नौकरी की तलाश में आये गरीब लोग, जो हर रोज़ आते जा रहे हैं, कल-कारखाने अंचल के लोग, शेयर बाज़ार और जगह-जगह ठेकेदारों द्वारा लाये गये श्रमिक, गरीब बस्ती अंचल के निवासी, मस्तान और रंगबाज़ों की रक्तबीज फ़ौज—यही तो है कलकत्ते के हज़ार-हज़ार चेहरे! लेकिन अचानक विनय को धक्का लगा। कलकत्ते में तो कोई आन्दोलन नहीं है?

उन्हें जीवन बराट का भारी-भारी आवाज़ में कहा हुआ जुमला याद आया—"मैं सुखी नहीं हूँ! लेकिन मेरे लिए और कोई उपाय नहीं है।"

जाने कहाँ तो उनकी चिन्ताधारा, आचरण में फौज़ी क़ानून जैसा कड़ा नियन्त्रण आता जा रहा है। कौन-सा कलकत्ता? फिर भी यही तो सच है। बूबू की मौत में कलकत्ता का एक चेहरा तो नज़र आया। इसके अलावा और

भी कितने-कितने चेहरे हैं। जयन्त दत्त की जो इमारत है, उसमें साठ फ्लैट हैं। उनमें से एक फ्लैट में ड्रग के नशे में मस्त नौजवान लड़के-लड़कियाँ वीडियो देख रहे थे, इसलिए बूढ़े पिता अकेले-अकेले ही चल बसे। एक अन्य फ्लैट में धार्मिक भजन-संगीत चलता रहता है, इसलिए अन्य फ्लैट में, डॉग-शो में विजेता कुत्ता सो नहीं पाता। यह भी तो एक कलकत्ता है। लेकिन विनय सेन सिर्फ उन सबके बारे में ही नहीं लिखेंगे। वे बड़ी मेहनत से, खूब सोच-विचारकर कुछ विराट लिखेंगे और वह किताब बूबू को उत्सर्ग करेंगे।

लेकिन...कलकत्ते के तो तमाम-तमाम चेहरे वे पहचानते नहीं। उन्होंने मन ही मन अपने को ताकीद की—"पहचानना होगा!"

उन्हें अतसी की याद हो आयी? "वह तो फिर कभी आयी ही नहीं। उसने कभी देखा भी नहीं कि इनसान कैसे जीता है?"

अतसी! अचानक अतसी की याद क्यों आ गयी? या वह मन में ही बसी हुई थी? अतसी या उसका बेटा? नीलामी में खरीदी हुई सस्ती टेरी-शर्ट-पैण्ट में जिसके चेहरे की हताश दीनता ढँक नहीं पायी थी। चलते-चलते घिसी हुई चप्पल की दरारों से उभरी हुई हड्डियों वाले पाँव झलकते थे। पच्चीस-छब्बीस वर्ष का नौजवान, शीर्ण और चेहरे पर जड़ी हुई आँखें और दृष्टि! यही था अतसी का बेटा!

अतसी के पिता जब विनय परिवार के मकान के पिछवाड़े वाली गली में रहा करते थे, तब अतसी के किशोर उम्र में उनका दम ख़त्म हो चुका था। अतसी अपनी माँ के साथ, आलूदम, चने की घुगनी बनाती थी और अतसी का बड़ा भाई स्कूलों में वे चीजें बेचने जाता था। स्कूल की छुट्टी में माँ-बेटी मिलकर काठ के चूरे से 'गुल' तैयार करती थीं, दादा वे गुल भी बेचने जाता था।

विनय परिवार के मकान की छत पर अतसी कभी-कभी रजाई-तोशक को धूप दिखाने आती थी। बेहद विनम्र, चुस्त लड़की! विनय को वह 'दादा' बुलाती थी।

विनय कहते थे, "कमाल की लड़की है! खूब संघर्ष कर रही है।"

पिता के निधन के बाद, वे लोग घर छोड़कर चले गये। अतसी के

मामा उन लोगों को बरानगर ले गये। उतने दिनों में अतसी का दादा, विक्रय के कामों में खासा दक्ष हो गया। बरानगर से कलकत्ता आकर वह 'पॉकेट-पंजिका' और अन्यान्य सस्ती किताबें बेचा करता था। अतसी और उसकी माँ मुरमुरे बनाती थीं, दुकान-दुकान पहुँचा आया करती थीं। इसी तरह चलते-चलते, एक दिन अतसी के दादा ने अतसी को भी बेच दिया।

उसने अपनी बहन को कमोबेश सम्पन्न, घर-जमीन विक्रेता, उम्रदार और विधुर दलाल के हाथों बेच दिया था। अतसी से उसका विवाह हो जाएगा, तो वह अतसी के भाई को कोई छोटी-मोटी दुकान करा देगा। उन सज्जन को हँफनी का रोग था, सेवा-शुश्रूषा करने के लिए किसी औरत की ज़रूरत थी। पहली बीवी के बेटे-बहू उसकी देखभाल नहीं करते थे।

उस समय, विवाह से पहले, विनय-परिवार में आकर लगभग चार दिनों रही थी। भुवनेश्वरी नारी-मुक्ति आन्दोलन में परम उत्साही थी।

उन्होंने कहा, "ना! ऐसी शादी तू मत करना। द्वीजू का यह बहुत बड़ा अन्याय है। उसके पास अपनी दुकान होगी; जीवन में स्थिरता आ जाएगी, इसलिए वह तुझे धर-पकड़कर बेच देगा?"

अतसी के बाल काफी घने थे। वह फर्श पर बैठी हुई थी। भुवनेश्वरी पलँग पर बैठी-बैठी, उसके बालों की जड़ों को कसकर बेणी बना दी थी। अतसी कोई बात नहीं कर रही थी। उसके होंठ थरथरा रहे थे, आँखों में आँसू भर रहे थे, मगर चेहरे पर एक अबूझ हँसी झलक रही थी।

भुवनेश्वरी की बातें सुनते-सुनते ही उसने कहा, "दादा के लिए अब, मेरा बोझ घसीटते रहना सम्भव नहीं है। ये लोग दादा और माँ को घर में रख लेंगे। घर के साथ दुकान जोड़ने के लिए भी ज़मीन देंगे और पाँच हज़ार रुपये भी देंगे।"

"उस आदमी के पास जो कुछ भी है, वह सब तुझे दे देगा?"

"सबकुछ भला कोई देता है? उसका बेटा भी है न!"

"तू क्या सोचती है?"

"मैं कुछ नहीं सोचती।"

सबकुछ सुनकर विनय अतिशय दुःखी हुए। अफसोस! इस समाज में अभी भी लड़कियाँ इस कदर असहाय हैं!

भुवनेश्वरी ने कहा, "खूब तो कहता था, यह लड़की बेहद भली है। जुझारू लड़की है! तू ही उससे विवाह कर ले न!"

"कौन मैं? उससे विवाह कर लूँ?"

ऐसी बात, विनय के ख़याल में भी नहीं आयी थी। उनके मन ने किसी हाल भी ऐसे प्रस्ताव को महत्त्व नहीं दिया।

उन्होंने कहा, "माँ, तुम न, बेहद रोमाण्टिक हो। अतसी जैसी समस्या इन दिनों घर-घर है। उन सबकी शादी क्या तुम अपने बेटे से करोगी?"

"अतसी का चेहरा देखकर यह ख़याल आया, सो कह दिया। लड़की तो बड़ी भली हैं।"

"हम लोगों के साथ, उसका कहीं कोई मेल नहीं है, माँ।"

"अतसी अब क्या करेगी?"

उन दिनों भुवनेश्वरी ऐसी ही थीं। अतसी क्या करे, मानो यह विनय को ही सोचना चाहिए। हर किसी को, हर किसी के बारे में सोचना होगा, अपनी क्षमता मुताबिक करना भी होगा। सभी को सभी के दुःख-विपत्ति-ज़रूरत में सिर खपाना होगा। सब अपनी-अपनी क्षमता मुताबिक करेंगे। जितने दिनों भुवनेश्वरी की क्षमता में था, वे खुद ही यह सब करती रहीं। उनसे जितने दिन हो सका, मुहल्ले के दाई-नौकरों के बच्चों को, दोपहर के समय पढ़ाती रहीं। अब बहुतेरे बच्चे बड़े हो चुके हैं। सब अपने-अपने ढंग से कमा-धमा रहे हैं, अपना पेट पाल रहे हैं। उनमें से कितने भुवनेश्वरी पाठशाला में पढ़े हुए हैं, कौन जाने!

भुवनेश्वरी ने पूछा, "अतसी अब क्या करेगी?"

"विद्रोह करे! प्रतिवाद करे—"

"उसके बाद?"

विनय कोई जवाब नहीं दे पाये।

भुवनेश्वरी ने धीमी आवाज़ में कहा, "वास्तविक जीवन कोई गणित या तत्त्व नहीं है, बीनू। यह मन या दिल देकर समझना होता है।"

उस वक्त विनय को बुरा लगा था, बहुत बुरा लगा था। इसलिए उन्होंने मौका देखकर अतसी से भी कहा, "तुम यह ब्याह मत करो, अतसी!"

"क्या करूँ?" अतसी हँसी नहीं!

वह सीढ़ियाँ चढ़कर ऊपर आयी थी, विनय ही नीचे उतर गये। अतसी

उन्हें चीन्ही-अचीन्ही, दोनों लगी। बेहद निम्न मध्यवित्त, बेहद कम पढ़ी-लिखी लड़की के तौर पर अतसी का व्यक्तित्व हमेशा ही बेहद प्रखर दिखा। उससे झट् से घनिष्ठ होना आसान नहीं था। बहरहाल उस वक्त अतसी यथेष्ट आकर्षक नज़र आ रही थी। बाल सँकरे-से माथे से कसकर पीछे की तरफ बँधे हुए! बदन पर, भुवनेश्वरी की दी हुई डोरिया साड़ी! सफेद साड़ी पर सफ़ेद डोरिया! फालसे रंग की किनारी!

लमहे भर की कमजोरी में आकर उन्होंने कहा, "मा कह रही थीं...मैं और अगर..."

अतसी उन्हें अपलक देखती रही।

अगले ही पल उसने सहसा स्नेह और गहरी ममता के लहजे में कहा, "मौसी जी सब नहीं समझतीं, लेकिन मैं तो समझती हूँ। आप भावुक ना हों, बीनू'दा! चलिए, जरा हटिए, मैं उठूँ। ऐसा कहीं होता है या हो सकता है? ये मौसी भी न..."

अतसी का विवाह वहीं हुआ, जहाँ होना तय हुआ था। खाने-पहनने की सुरक्षा बहुत बड़ी सुरक्षा होती है। द्विजू को वह दुकान भी मिल गयी। कुछ दिनों में अतसी को दो-दो बेटे भेंट देकर, वे सज्जन दिवंगत हो गये। उस समय दुनिया के विचित्र नियम-मुताबिक द्विजू अतसी की सौत के बेटे का 'आपन जन' बन गया। नहीं, कोई घर नहीं, फूस कटाई का संलग्न कारखाने की मिल्कियत भी नहीं, सोदपुर की ज़मीन भी नहीं, अतसी को थोड़े-से एकमुश्त रुपये दे दिये गये।

अन्त में अतसी अपने दोनों बेटों को लेकर बेलेघाटा अंचल में चली आयी। किसी नारी सेवा-प्रतिष्ठान की मदद से उसने अपने बेटों को किसी अनाथाश्रम में रख दिया। भुवनेश्वरी ने ही उसे बेलेघाटा में किसी महिला डॉक्टर के यहाँ जुटा दिया। वह उस महिला डॉक्टर के चेम्बर की साफ-सफाई करती थी, मरीज आते थे, तो उन्हें बिठाती थी। वह तरह-तरह से बड़े काम की हो उठी थी। उसके बाद, वह क्या करती रही, कहाँ रही, विनय उसके बारे में कोई ख़बर नहीं जानते थे।

भुवनेश्वरी ने कहा, "वह बेलेघाटा में ही रहती है। वह दोबारा स्कूल-स्कूल खाना पहुँचाने लगी है।"

"और बेटे?"

"पता नहीं!"

अतसी से नये सिरे से विनय के सम्पर्क होने की सम्भावना नहीं थी। लेकिन दस वर्ष पहले? उन्हें धुंधला-सा याद हो आया कि अतसी का छोटा बेटा आश्रम से भाग गया था। उसी की तलाश में अतसी काफी लम्बे अर्से बाद, 'बीनू'दा' कहकर सामने आ खड़ी हुई।

विनय कुछ भी नहीं कर पाये। भयंकर बदजात, बेहया एक लड़का अगर और चार-पाँच लोगों के साथ दल बाँधकर भाग खड़ा हो, तो विनय क्या कर सकते थे? वैसे वे उस पर काफी झुंझलाये भी थे। उतने दिनों में उनका अपना जीवन और गृहस्थी एक दायरे में आ चुकी थी। आत्मसंयमी भुवनेश्वरी ने सारी गृहस्थी का जिम्मा सविता को सौंपकर, अपने को समेट लिया था। विनय प्रतिष्ठित और ख्यातिमान हो चुके थे। ऐसे में शीर्ण, रस्सियों की तरह झुर्रीदार, मारे ज़िद के सुर्ख आँखोंवाली अतसी, अधमैली-सी साड़ी पहने हाज़िर हो जाए, तो कैसे चलता?

"खोजकर ला दो! ला दो खोजकर! अगर कोई खोजकर ला सकता है, तो वह तुम हो। अब, तुम्हारा कितना नाम-डाक है।"

विनय ने रेडियो के जरिये घोषणा करायी। लालबाजार में उस सोये हुए, उनींदे 'निरुद्देश्य' विभाग के नाम ख़त लिखकर, अतसी को भेजा।

लेकिन काम नहीं हुआ। वह लड़का दोबारा नहीं लौटा। उसका बड़ा बेटा अपनी माँ के पास चला आया था। इस तरह एक लड़का 'टुपू' से खो गया। हर रोज लड़के शायद इसी तरह गुम होते रहते हैं। हर दिन शहर में क्या-क्या होता है, विनय तो यह भी नहीं जानते थे।

अतसी तब भी उनकी कृतज्ञ थी।

"कुछ भी हो, तुमने कोशिश तो की थी। जो भी किया, तुम्हीं ने किया। मेरे लिए किसने, कब, क्या किया है।"

पिछले तीन-चार वर्षों में अतसी का बड़ा बेटा बार-बार आता रहा। किसी बार भी उसे सादर अभ्यर्थना नहीं मिली। आखिरी बार तो उन्होंने उसे बैठने को भी नहीं कहा।

काम! उसे किसी भी तरह का काम चाहिए था। उसकी माँ अब

कामकाज नहीं कर पाती थी, स्कूलों में अब खाना भी नहीं पहुँचा पाती थी। इस मामले में विनय भला क्या करते? सन् उन्यासी में, रोज़गार दफ़्तर में जिसका नाम इक्यानवे हज़ार या कितने नम्बर पर था, पंखे तैयार करने वाले किसी मँझोले कारखाने में किसी ठेकेदार के जरिये नियुक्त मजदूर के तौर पर, उसे हफ्ते में दो दिन, छह रुपये रोज़ का काम मिलता था! विद्या? दसवीं क्लास फेल!

"शुभम् एपार्टमेण्ट में दरबान लिए जा रहे हैं।"

"अच्छा, ख़बर लेकर ही आ रहे हो?"

"बेनू काका ने ख़बर दी।"

"कौन बेनू काका?"

"वे मेरे कोई नहीं होते। यूँ ही, मैं उन्हें काका बुलाता हूँ। किसी समय वे मेरे बप्पा को पहचानते थे।"

'शुभम्' दत्त लोगों को एपार्टमेण्ट हाउस था। विशाल कॉम्प्लेक्स! काफी लम्बा-चौड़ा मामला था! लेकिन वह कॉम्प्लेक्स तैयार करने के मामले में नेपथ्य में थे! जयन्त विनय के मित्र थे। ये तमाम ख़बरें लेने के बाद ही, यह लड़का तैयार होकर आया है, इस बात से विनय काफी विरक्त हुए!

"अतसी के बेटे होकर, तुम यह काम करोगे?"

वह लड़का कह सकता था कि—"क्यों नहीं करूँगा?" लेकिन उसने कहा, "सुना है, कुल तीन-चार सौ रुपये ही तनख्वाह देगा।"

"ऐसा है, तो मेरा मान, मेरा चेहरा कहाँ रहेगा?"

"मैं नहीं कहूँगा कि आपसे मेरी जान-पहचान है।"

"देखो, मैं तुम्हें साफ-साफ बता दूँ कि यहाँ तुम्हारा नहीं होगा। वे लोग चाहते हैं...चेहरे से और चाल-ढाल से...तुम्हारे बूते का यह काम नहीं है। इससे तो बेहतर है कि तुम कोई छोटा-मोटा धन्धा शुरू कर दो..."

"मुझे तो सिर्फ रंग का काम आता है।"

"शादी कर ली?"

"ना—"

"फिर क्या झमेला है, माँ और बेटा ही तो हो! माँ तुम पर बैठी हुई नहीं है। तुम कम से कम अंडे-आलू-प्याज—ये सब तो बेच सकते हो। काफी

कम पूँजी में यह काम किया जा सकता है। लगभग सौ रुपयों की ही तो बात है, मैं भी दे सकता हूँ।"

वह लड़का अचकचायी नज़रों से उनकी तरफ देखता रहा। अगले ही पल वह बिना कुछ बोले, चप्पल घिसटते हुए ब्राहर निकल गया।

ना, काफी दिनों तक वह नहीं आया। दस वर्ष तो जरूर हुए! अतसी कभी भुवनेश्वरी को, कभी विनय को ख़त लिखती रही। मुख्यतः भुवनेश्वरी का हाल-समाचार लेने के लिए!

एक बार उसने लिखा—"मेरा बड़ा मन था कि जब भी मौसी जी को ज़रूरत पड़े, मैं जाकर उनकी सेवा-जतन करूँ। उनको स्नेह मैं कभी भूल नहीं पाऊँगी। लेकिन आजकल मेरे दिन जैसे गुज़र रहे हैं, अब लगता है, अब, यह भी मेरी क्षमता में नहीं रहा।"

अतसी का ख़याल, दिल के किसी कोने में बच रहा था!

जयन्त दत्त से कहने पर भी वे तुम्हारे बेटे को नौकरी में नहीं लेते, अतसी! किसी बंगाली को नौकरी पर नहीं रखना चाहिए! अगर बंगाली को रखा जाता है, तो वे यूनियन बना लेंगे, झमेला पकाएँगे।

ख़ैर, यह सब उन लोगों की बात है। लेकिन, तुम्हारे बेटे की कातर दृष्टि, मेरे मन का सूद प्रत्याख्यान मानकर, धीमी चाल में उसका बाहर निकल जाना—ये तमाम बातें भी मन के किसी कोने में बिंधी रहीं।

यही सब सोचते-सोचते ही विनय सेन, अभ्यस्त उँगलियों से ख़त खोलकर देख रहे थे, मरोड़कर फेंकते जा रहे थे। धान-चावल रखने वाली, पॉलिश की हुई बेत की डोलची। वही, उनके लिए फाड़े हुए कागज फेंकने की टोकरी थी। यह टोकरी वे खुद ही कहीं से लाये थे या किसी ने उन्हें दिया था, अब उन्हें याद नहीं रहा।

'विनय' दा, काफी अच्छा-सा कैरियर मिला है। आ जाइए।" अंग्रेज़ी में लिखा हुआ बबली चौधरी का ख़त! बबली चौधरी ने अपने अलीपुर के मकान में, कोई मॉडल एजेंसी खोल ली थी और अब वह एजेंसी उसने काफी जमा भी लिया है। विभिन्न विज्ञापन एजेंसियों में वह काफी प्रिय भी है। तारीख कौन-सी है? पन्द्रह-सोलह दिन पहले की तारीख है।

उन्होंने वह ख़त भी तोड़-मरोड़कर फेंक दिया। बबली ने भी शोक

जताते हुए लिखा था! जाने कितने ही लोग उनके यहाँ आये थे; कितने ही लोग लिख गये थे।

अचानक उन्होंने चौंककर देखा। अतसी का पोस्टकार्ड था—अख़बार पढ़कर जाना। बेनू देवरजी ने भी बताया। ऐसे समय में तुम्हें मेरी विपदा में आने की ज़रूरत नहीं है। पिछला ख़त भूल जाओ। बेतरह चोट लगी।"

पोस्टकार्ड पर छह दिन पहले की तारीख थी। यानी अतसी ने पहले भी ख़त लिखा था? क्या मुसीबत थी? इस वक्त मन की वर्तमान हालत में अतसी की मुसीबत कथा जानना बेतुके ढंग से ज़रूरी हो उठा। अच्छा, विनय क्या कोई बहाना ढूँढ़ रहे थे, जिसमें वे अपने को व्यस्त रख सकें?

वे टटोलते रहे, ढूँढ़ते रहे। हाँ, यह रहा अतसी का ख़त! तारीख? बूबू की मौत के दिन लिखा हुआ—"मुझ पर बहुत बड़ी मुसीबत आन पड़ी है! शायद प्राण-संकट है! मिले बिना, सारी बात बतायी नहीं जा सकती। तुम आ जाओ, तो बेहतर! या फिर मैं आऊँगी। कब और कितने बजे आऊँ, बताओ?"

विनय ने उसी वक्त फैसला कर लिया कि वे जाएँगे! बेलेघाटा... जगत्तारिणी लेन! जगत्तारिणी नाम, जाने किस वजह से जाना-पहचाना लगा! जगत्तारिणी पाठागार! "एक के बाद एक, आपने छह बार मना कर दिया। लेकिन, इस बार अपने पाठक-अनुरागियों की तरफ देखकर, हमारे आमन्त्रण का प्रतिउत्तर दें और हमें धन्य करें! पाठागार सुप्राचीन है। स्वर्गीय हरप्रसाद शास्त्री ने इस पाठागार का उद्‌घाटन किया था। इसके बाद, किसी खास वजह से इस पाठागार को कई-कई बार कई-कई जगह स्थानान्तरित करना पड़ा। पिछले सात वर्षों से हम मूल प्रतिष्ठाता द्वारा प्रदत्त जमीन पर, अपना मकान बनाकर, पाठागार चला रहे हैं।"

उन लोगों का पत्र कहाँ है? अरे, यह रहा। वह तारीख तो बीत चुकी है, फिर भी 'जगत्तारिणी' नाम से सारी बात याद दिला दी। उनकी स्मरणशक्ति और स्मृतिशक्ति अत्यन्त तीखी है, यह आशीर्वाद है या अभिशाप, कौन बताएगा? लेकिन, वे घर में क्या कहेंगे?

अचानक उनका मन बेतरह अस्थिर हो उठा। बाहर निकलने की इच्छा तीखी हो उठी। घर के अन्दर काफी बन्द-बन्द, घुटन-घुटन-सी लग रही है;

बेहद बेचैनी महसूस हो रही है। ना, अभी वह उन सब जानी-पहचानी जगहों में नहीं जाएँगे, जहाँ वे अक्सर या कभी-कभी जाते रहते हैं!

किसी और जगह! और-और लोग! वे तो जानते हैं कि जो लोग सामने हमदर्दी जता रहे हैं, पीठ-पीछे वही लोग इस प्रसंग में तरह-तरह की बातें भी बना रहे हैं। ऐसे किसी मामले में कलकत्ते का कोई-कोई महल, कुछ समय तक खास सरगर्म हो उठता है। अख़बारों में शोकार्त माँ-बाप की तस्वीरें प्रकाशित होती हैं। सबकुछ का तात्कालिक विक्रय-मूल्य होता है। उसके बाद, नेली की गणहत्या या मालदह का हत्याकाण्ड या बाढ़-विध्वस्त गुजरात आकर जगह लेता है। विनय बेहद कृतज्ञ थे कि उन लोगों की ऐसी कोई तस्वीर किसी ने नहीं ली। सिर्फ 'बन्हिशिखा' अख़बार में भुवनेश्वरी सेन के पौत्री-वियोग की ख़बर दी गयी थी और उसमें बूबू की एक तस्वीर छपी थी, जो शायद बूबू की थी, लेकिन वह तस्वीर जिस किसी भी शख्स के नाम पर चलायी जा सकती थी।

बाहर निकलने के ख़याल भर से वे ईषत् तरोताज़ा हो आये। बाहर निकलने के बारे में उन्हें कोई झूठ गढ़ना होगा। यही सब सोचते-सोचते अचानक विनय अचकचा गये। हाथ में भारी-भकरम बैग लेकर, शुभ्र कमरे में दाखिल हुआ। उसके पीछे किसी की चप्पल की चंचल आवाज़ें! बिजली लगभग दौड़ते हुए कमरे के अन्दर दाखिल हुई!

"दद्दा!"

विनय सेन उठ खड़े हुए!

"दद्दा!"

बिजली अपने दद्दा से कसकर लिपट गयीं। फफक-फफककर रोती रहीं।

अगले ही पल उन्होंने पूछा, "भाभी?"

"अन्दर है!"

राहत! गहरी राहत! जो शोक, सिर्फ शोक नहीं होता, बल्कि अपराधबोध होता है, उसके बीच कोई तीसरा व्यक्ति बड़ा काम आता है। लेकिन, बिजली तो कोई बाहरी हस्ती नहीं है!

विनय इन्तज़ार करते रहे।

हाँ! प्रत्याशित घटना आखिर घट ही गयी! सविता रो पड़ीं! बिजली को पाकर सविता बेतरह फूट-फूटकर रोती रहीं।

रमा कह उठी, "चलो! बुआ जी आ गयीं! शुक्र है!"

शुभ्र ने कहा, "अब देर न करें! मुझे दौड़ लगानी होगी!"

कल या परसों से शायद रमा भी दौड़ेगी। इतने दिनों से वह छुट्टी पर है, उन्हें भी ज्वायन तो करना ही होगा। दैनिक कामकाज का दावा अत्यन्त भयंकर होता है! दैनन्दिन का तकाजा बेहद खौफनाफ होता है।

बिजली आ गयी! परम राहत है!

विनय को कहना ही होगा कि आज शाम को ही उनका बाहर जाना बेहद जरूरी है। शुभ्र उन्हें गाड़ी में छोड़ने जाना चाहेगा। ट्राम-बसों में...विनय ने उत्तेजित कौतूहल से 'कलकत्ता शहर का पथ-निर्देश' पुस्तिका निकाल ली। उम्मीद है कि जगत्तारिणी लेन, वे पहुँच जाएँगे। वहाँ के रास्ते-घाट क्या खुदे पड़े हैं? भुवनेश्वरी पाठशाला में कुल एक दिन का पढ़ाकू, तारक, हमेशा से ही आशावादी इनसान रहा है।

तारक अक्सर ही आकर सुना जाता है, "हमारे रास्ते पर जब हाथ पड़ेगा, तब देख लीजियेगा, सबकुछ कितना खूबसूरत हो जाएगा। हम वह रास्ते आपके नाम कर देंगे।"

तारक का काम था, सड़क-रास्ते की खुदाई!

तारक था कलकत्ते के सड़क-घाट का कीड़ा! उससे पता किया जा सकता है। कभी-कभी तारक पर उनकी नज़र पड़ जाती है। खुदाई किये गये लम्बे गड्ढे पर काठ के तख्ते पर अपनी टाँगें चौड़ी करके वह खड़ा है। कुली-कामिन, जिसे भी वह सामने पाता है, उससे ही कहता है—देख रख, कौन जा रहा है। वह मेरा दद्दा लगता है! काफी नामी-गिरामी मानस है, समझा?"

मिट्टी भरी छाबड़ी एक सिर से दूसरे सिर पर देते-देते, काले-काले चेहरे हँसते रहते हैं। वे लोग कहाँ रहते थे, कहाँ से आये और कितनी गहरी तत्परता से कलकत्ते के रास्ते-घाट खोदकर खोखला बनाते हैं, विनय यही सोचते रहते हैं।

रजत का वक्तव्य था कि उन लोगों का जीवन, कलकत्ता शहर में प्रवाहित अनेक जीवनस्रोतों के साथ भीषण तरीके से समान्तराल है। कलकत्ता में अनेक किस्म के जीवन-प्रवाह, अनेक खड्डे की ओर दौड़ जाते हैं। सभी

आजकल बेहद सात्त्विक जीवन, क्योंकि स्विट्जरलैण्ड से प्राप्त फ्रेंच हिन्दू साधू का आगमन! दो-दो फ्लैटों के सामने खुली छत में असाधारण सूना उद्यान! कभी-कभार उस छत पर भी अड्डेबाजी होती है। उस दिन बिजली के सहारे फव्वारे दिखाए जाते हैं। हर पल ऐसा लगता है, मानो बदन पर पानी के छींटे पड़ रहे हैं, जबकि असल में नहीं पड़ते। यह भी एक विचित्र तजुर्बा है।

बारहवीं मंज़िल पर बैठो, तो आसमान बेहद करीब लगता है; नीचे चलते हुए इनसान-गाड़ियाँ-सड़कें सबकुछ काफी दूर लगती हैं। वह सब अपनी दखल में करने के पीछे पन्द्रह वर्षों से दार्जिलिंग से हैदराबाद, उधर चण्डीगढ़ वगैरह काफी घूमने-फिरने और ठेकेदारी करते रहने की भूमिका है।

फिलहाल सारा कुछ अब, पिछला इतिहास है। अतीत! अब शीत-ताप-नियन्त्रित विशाल 'दत्तज्' दवा की दुकान सच है। फुर-फुर हँसी मुस्कान के साथ बैठे रहना सच है।

इन तमाम सार-सत्य को अपने हाथ की मुट्ठी में पाने के लिए, कलकत्ता में विशाल जन-संयोग की ज़रूरत है। ऊपर से लेकर नीचे तक, सकल महल में सम्पर्क कायम रहे, तो बेहतर! लेकिन जयन्त दत्त ऊपर से लेकर मध्य स्तर तक चलते-फिरते थे।

बहरहाल, जयन्त दत्त ज्यादा कुछ मदद नहीं कर पाये। हाँ, हाँ, अपराध बढ़ते जा रहे हैं! लेकिन वह रियलिटी है, मैन! तुम मस्तान किसे कहोगे? हर राजनीतिक दल, जैसे ही ऊपर उठता है, उन सबको इन लड़कों को ठाँव देनी होगी। क्या करोगे तुम, मैन? गुण्डेबाजी न करो, तो आजकल राजनीति नहीं होती। इसमें एक युगसत्य काम करता है, जिसे तुम दर्शन भी कह सकते हो, जैसा कि सुनने में आया है कि किसी ज़माने में अमेरिका में माफिया के बारे में कहा जाता था—"तुम्हारे हाथ में भी बन्दूक होना जरूरी है, क्योंकि उन लोगों के हाथों में बन्दूक है।"

जयन्त दत्त काफी ऐश के मूड में थे।

"ओफ ओ! मैं कह रहा था..."

"समझ गया! समझ गया। तुम्हारा वह ग्रैण्ड कलकत्ता का नॉवेल! खूब-खू-ब खुशी हो रही है, ब्रदर! हाँ, यही तो चाहिए। जाओ, देखो! क्या

कहा? बेलेघाटा? नहीं, नहीं! मेरा वह पछुवारा दोस्त? मतलब...मतलब मछुवारा बेरी-मालिक...? वही तो बेलेघाटा में रहता है। वह तो अभी उसी दिन आया था!"

"मुमकिन है, वही मस्तान वगैरह रखता हो।"

"देखो, मस्तानबाज़ी, गुण्डेबाज़ी...यह सब आजकल की रियलिटी है। फैशन के इलाके में आजकल लड़के-लड़कियाँ नशा करते हैं, खुदरा क्राइम करते हैं! अरे, वह सब भी कोई क्राइम है, भला? ऐसे क्राइम सभी करते हैं, सभी लोग! किसका हाथ धुला हुआ, साफ-सुथरा है? और इन लोगों को प्रचुर प्रोटेक्शन...सुरक्षा भी मिलती है।"

"पुलिस?"

बारहवीं मंज़िल के बाशिन्दे के तौर पर जयन्त ने बेहद पेंचदार वास्तववादी लहजे में हड़काया, "पुलिस? पुलिस तो इसी व्यवस्था की फसल है, जी! सारा कुछ पुलिस के नाम पर चलाना, ठीक नहीं है। पुलिस अगर यह समझे कि कर्तालोग अपराध दमन करना चाहते हैं, तो पुलिस भी काम करेगी। पुलिस जब यह समझ ले कि कोई भी जो चाहे, करे, कोई-कोई उसमें मदद करेंगे, तब वह कुछ भी नहीं करेगी। अच्छा, भइये, जय हो! जय हो! शुभम् भवतु।"

बीच-बीच में जयन्त इसी किस्म के ऐश के मूड़ में आ जाते हैं और खुल्लमखुल्ला लहजे में बातें करते हैं। उनकी पत्नी शायद पीहर गयी हुई थी। किसी ज़माने में जयन्त दत्त से लोग यम जैसा डरते थे। अब, जयन्त दत्त बीवी को मानकर चलते हैं। यह सबकुछ मानो उस साधू की कृपा है। विनय ने अपने कानों से सुना है कि जयन्त दत्त अपनी बीवी, अपने बेटे को, तस्य बेटों की केरलिनी आया को यानी सबको "जय हो! शुभम् भवतु" कहकर बातें करते हैं!

फोन छोड़ देने के बाद, जयन्त ने दोबारा फोन किया।

"मैं तो भूल ही गया था, ब्रदर..." इस बार उनकी आवाज़ बिल्कुल अलग, सकपकायी हुई, परेशान और हकलायी हुई थी।

"क्या?"

"उर्मिला यानी मेरी बीवी...मतलब तुम्हारी बेटी के मामले में...मण्टू जैसे इतने भले...नामी परिवार के लिए...यह..."

"वह तो पुलिस जैसा समझेगी, करेगी।"

विनय ने फोन रख दिया। कलकत्ता, उपनगर...पश्चिम बंगाल के बाहर... सर्वत्र यही दबाव है। बूबू जैसी लड़कियाँ अगर रहस्यजनक ढंग से मर जाती हैं, तो बहुतेरे लोग बूबू जैसी लड़कियों के समर्थन में होते हैं। साथ ही इसकी उल्टी तरफ मण्टू लोगों के पक्ष में आग्रह-अनुरोध करनेवालों की भी कमी नहीं होती।

उफ! जयन्त ने सबकुछ कड़वा कर दिया। "अब जो होना था, सो हो गया। बेटी को तो अब वापस नहीं पा सकोगे, भइये!" ऐसी सब युक्ति सुनकर, बहुत से लोग ख़ामोश हो जाते थे। इसे अपना 'भाग्य' मान लेते थे।

आजकल कुछेक वर्षों से यह देखा जा रहा है कि इस बात को लेकर अदालत में केस भी दायर किये जा रहे हैं। लेकिन विनय यह नहीं जानते कि इस दिशा में अगर पुलिस यह केस न लेती, तो वे खुद अदालत तक दौड़ने का इल्म रखते या नहीं रखते।

विनय को यही सारी बातें याद आती रहीं। अब विनय को समझ में आ गया है कि उनमें जो आत्मविश्वास मौजूद था, उसकी प्रतिष्ठा काफी खोखली थी। चूँकि उनकी खुद अपनी जिन्दगी में ऐसी दुर्घटना हो गयी, इसलिए वह पुरानी प्रतिष्ठा भी हिल गयी है।

उनके अन्दर कोई लड़ाई-वड़ाई नहीं है।

लेकिन, उन्होंने अगर यह मान लिया, तब तो वे हार ही जाएँगे या शायद बहुत पहले ही हार चुके हैं, अब उन्होंने अपनी पराजय मान ली है।

बचपन में उनका खेल थाः—

हा-रो

खेल से बाहर-हो

हा-रो

खेल से बाहर-हो!

चाहे बचपन का खेल हो या उम्रदार जीवन में लेखक होना हो, हरण्टी-पार्टी खेल से हमेशा ही खदेड़ दी जाती है।

हार-जीत! हार-जीत! अब, यह कौन बताएगा कि कौन-सी हार है, कौन-सी जीत! कैलास भंजदेव जब पुरुलिया से कलकत्ता के जंगल में आया

था, कुत्ते जैसी हिंस्रता के आक्रमण से क्षत-विक्षत हुआ था, अनाहार की वजह से रोग का शिकार होकर रोया था और अपने आँसू पोंछकर अपने गाँव लौट गया था, तो सभी लोगों ने उसे पराजित मान लिया था।

उसकी मौत के कितने अर्से बाद 'छो' उपन्यास ने साबित कर दिया कि वह पराजित नहीं हुआ था।

विनय क्या रखकर जाएँगे? अपना कौन-सा अर्जन? परेशानी, भयंकर बेचैनी! उसके बाद, वह शख़्स उन्हें ख़त कैसे लिखेगा?

किसी बस जंक्शन या किसी छोटे-से स्टेशन या किसी गाँव में बैठकर, वह ख़त लिख रहा होगा? विनय उस शख़्स से ऐसा कोई एक ख़त पाना चाहते हैं, जिसमें वह उनसे 'शाबास' कहे। उसने बताया है कि किसी ज़माने में वह उनके साथ किसी दंगा-विरोधी जुलूस में शामिल हुआ था। उनके ज़माने का कोई इनसान, अभी भी उनसे उम्मीद रखता है!

लेखक की सच्चाई मानो कोई बैंक है। पाठक, लेखक के पास अपनी प्रत्याशाएँ जमा रखता है। वे प्रत्याशाएँ तोड़नी नहीं चाहिए।

उसी विश्वास के दम पर तो विनय चल रहे हैं, फिर भी वे काफी दूर भी हट गये हैं! दूर से दूरतर! चूँकि उन्होंने कभी यह जानना नहीं चाहा कि भूल आखिर कहाँ है, भूल क्यों है, इसीलिए उन्होंने समझना नहीं चाहा या सच ही उन्होंने समझा ही नहीं।

शाम को विनय जगत्तारिणी लेन में पहुँच गये।

दो

बस-सड़क पर उतरकर, बायीं तरफ 'जय माँ तारा' लॉण्ड्री! लॉण्ड्री और 'बॉबी टी स्टोर्स' के बीच से एक गली में दाखिल होकर, दाहिनी तरफ घूमें, उसके बाद बायीं तरफ! उस गली में कभी, किसी दिन भी पौर सभा के सफाई कर्मचारी ने निश्चित रूप से कदम नहीं रखा। कच्ची नाली आधी गली तक फैली हुई थी। यहाँ एक हाइड्रेण्ट क्यों खोल रखा गया है, कौन जाने? समूची गली में नाली का पानी बहता हुआ। विनय ने किसी कुष्ठ रोगी को खुले हाइड्रेण्ट से पानी चाटते हुए नहीं देखा। लेकिन चन्द महिलाएँ माँजे हुए बर्तन ज़रूर धो रही थीं। वे लोग काफी सतर्क और सावधान नज़रों से इधर-उधर देखती जा रही थीं। विनय के किसी भी सवाल का उत्तर, इस गली में किसी ने भी नहीं दिया।

वहाँ से दाहिने मुड़े, तो बिल्कुल सिर से सिर जुड़े खपरैल के घर! नम्बर देखकर, झोंपड़ी खोज निकालने में विनय को कोई असुविधा नहीं हुई। बेहद बेचैन कर देनेवाली झोंपड़ी! हर घर का किवाड़ उढ़का हुआ! गहरे कौतूहल से जोड़ी-जोड़ी आँखें कमरे के अन्दर झाँकती हुई! नम्बर देखकर विनय ने किवाड़ खटखटाया।

"कौन?" किसी महिला की डरी हुई आवाज़ सुनाई दी।

"यह क्या...?"

हैरत है! अतसी की पदवी क्या है? उसके बेटे का नाम क्या है? एक लड़का बार-बार उनके पास आता रहा, तो उसने अपना नाम भी बताया होगा। लेकिन दिमाग, कहते हैं, जो सबकुछ का नियन्ता है, वह बेहद कठिन और निर्मम है। जिस विषय में आदमी दिलचस्पी रखता है, उसे याद भी रखता है। जिसकी घिसी हुई चप्पल, हताश सूरत और डरी-डरी आँखें देखते ही "मदद माँगने आयी है" यह सोचकर मन सख़्त हो उठता है, उसका नाम दिमाग़ में नहीं रखते।

"अतसी? मैं विनय हूँ।"

"कौन?"

"विनय! बीनू'दा!"

"रुको!"

"बिना देखे न खोलें–" जाने किसने तो दबी-दबी आवाज़ में अतसी को ताकीद की।

छोटी-सी खिड़की से जाने किसने तो झाँककर देखा।

उसके बाद, अचानक अतसी ने किवाड़ खोला, "आओ, अन्दर आओ!" उसने विनय का हाथ पकड़कर, कोठरी के अन्दर खींच लिया। किवाड़ बन्द किया और हाँफती रही।

कोठरी के भीतर अँधेरा छाया हुआ था।

"बत्ती नहीं है?"

"नहीं, बत्ती नहीं जलाऊँगी। धीरे बात करो।"

"लेकिन, मामला क्या है?"

कमरे के कोने से किसी ने दबी आवाज़ में हिसहिसाकर कहा, "उन्हें यहाँ ले जाओ, माँ!"

माँ? तो क्या अतसी के बेटे ने की? उसकी आवाज़ ऐसी है?

कोठरी की फर्श सीमेंट की हुई थी! दीवार, बाँस की खपच्चियों पर माटी की पर्त! दालान! उसके बाद, छोटा-सा आँगन! आँगन के कोने में तुलसी का पौधा! अतसी उनका हाथ थामे हुए आँगन की बगल की तरफ

ले गयी। और एक कोठरी! खपरैल पर छादन! सामने अभी किवाड़ नहीं जड़ा गया था! एक बड़ा-सा आँगन! अतसी शायद इसी कोठरी में खाना पकाती है। कोने में चाल तक उपले सजे हुए! गुल का बोरा भी रखा हुआ!

"रुको! बैठने के लिए कुछ ले आऊँ।"

विनय के लिए अतसी ने एक मूढ़ा रख दिया। खुद फर्श पर बैठ गयी।

"तुम आज ही आये?"

"आया तो सही...!"

"मैंने आने को मना किया था न!"

"हाँ, मना तो किया था! लेकिन मुसीबत कैसी है..."

"जब आने को मना किया था, तब आज जैसी परिस्थिति नहीं थी। फिर भी..."

"आज कैसी परिस्थिति है?"

शाम ढल चुकी थी। अवसन्न रोशनी! रोशनी का रंग बेजान! दीर्घकाल तक रोग भोग-भोगकर, मृत इनसान जैसा बदरंग! चारों तरफ भयंकर साजिश जैसी दबा-दबा, निःशब्द माहौल! दूर कहीं उत्तेजित आवाज़ें और बीच-बीच में शोरगुल!

"फुटबॉल खेल का रिले बज रहा है।" अतसी ने कहा।

अतसी काफी शीर्ण, बेहद फीकी, भय और उत्तेजना के अस्थिर, फिर भी बेहद हताश नज़र आ रही थी।

"क्या हुआ है, बताओ तो?"

"क्या बताऊँ?..."

अतसी बेहद धीमी आवाज़ में बोल रही थी, विनय भी आवाज़ काफी धीमी किये बातें कर रहे थे। वे दोनों भी मानों आंचलिक किसी साजिश में (विनय जिससे अनजान थे) घिरे हुए थे। लेकिन यह साजिश आखिर किसके विरुद्ध थी?

"क्या हुआ है, यह बताओ?"

"बताऊँगी। लेकिन, मैं नहीं बता पाऊँगी, बीनू' दा! मेरे हाथ-पाँव अवश हुए जा रहे हैं।" अतसी अचानक रोने लगी।

अपनी रुलाई दबाने के लिए उसने अपने मुँह में आँचल ठूँस लिया।

उसका तन-बदन काँपता रहा। विनय समझ गये कि नासमझ की तरह वे किसी भयंकर परिस्थिति में आ पड़े हैं। हालाँकि उस परिस्थिति की उन्हें जानकारी नहीं है। वे जिस कोठरी में होकर आये, उसमें एकाधिक लोग मौजूद थे। कोई एक जन अँधेरे में छिपा हुआ है।

विनय अपनी शोक-विमूढ़ हालत भूल गये। इस वक्त की वर्तमान परिस्थिति ने उन्हें उत्तेजित कर दिया। उनका खून चंचल हो उठा। अचानक उन्होंने अपने को ख़ासा तरोताज़ा महसूस किया। एक नयी उत्तेजना! कलकत्ता मानो अपना मुखौटा हटाकर, शायद अपना असली चेहरा दिखा रहा है। वे देखें या न देखें? वे दोबारा मुखौटे पर ही नज़रें गड़ा दें? या असली चेहरा ही देखें। जवानी के यायावर दिन! शालडूँगी गाँव! पुरुलिया की पथरीली माटी से गुज़रकर उस गाँव में पहुँचना था! छोटा-सा गाँव! 'छौ' नाच का छोटा-सा दल! नृत्यरत देव-देवी के मुखौटों में दुःख, अनाहार, यन्त्रणा कहीं कुछ नहीं था। कार्तिकेय सजकर, जो व्यक्ति कूद-कूदकर नाच रहा था, मुखौटा उतारते ही, विनय ने देखा था कि वह कोई निरा बूढ़ा, देह और चेहरे से निहायत मरगिल्ला, दोनों आँखों में वेदना, सहिष्णुता और अँधेरे में डूबा हुआ था। उसकी त्वचा के नीचे, पसलियों की हड्डियाँ, हापर की तरह हाँफ-हाँफकर बार-बार उभर रही हैं।

"अब यह तमासा कोऊ नहीं देखता! अब तो फाके करते हुए, बेमौत मरना पड़ेगा।" वह मानो अपने से ही बातें कर रहा हो।

"रोना बन्द करो, अतसी!"

विनय ने प्रगाढ़ ममता से उसे ईषत् डाँट पिलायी। अभाव में वे अतसी को रोने नहीं दे सकते थे। हज़ार हो, कभी वे अतसी से विवाह करना चाहते थे। विनय सविता के पति थे। सविता अतसी नहीं थी। पल भर के लिए ही सही, उनके मन में आन्तरिकता आ समायी। यह बात अलग है कि वह शादी हुई नहीं। सविता ढेर-ढेर रखी-ढँकी परिस्थितियों में जीवन गुजारती रहीं। अतसी काफी लम्बे अर्से से आग की आँच पर चलती रही।

"सुनो, रोओ मत!"

"नहीं, अब नहीं रोऊँगी।"

अतसी ने अपने आँसू पोंछ लिए, सुड़ककर अपनी नाक भी साफ कर ली।

उसने कहा, “तुम्हें देखते ही, मुझे जाने क्या तो हो गया, वर्ना मुझसे तो रोया भी नहीं जाता।”

“क्या हुआ है, बताओ तो सही!”

“बताने से फ़ायदा क्या है? रुको, देवरजी से कहती हूँ। अगर हो सके, तो वे तुम्हें बड़ी सड़क तक पहुँचा आयें।”

“तुम्हारा देवर?”

“सम्पर्क तो बिल्कुल निःसम्पर्क जैसा है। लेकिन, वह मानस अपनों से बढ़कर है। भजन के बाप का कैसा तो दूर के रिश्ते का ममेरा भाई लगता है। आज कई वर्षों से इस मानस ने आफत-विपदा में खूब-खूब बचाया है। पूजन जब बोर्डिंग से भाग खड़ा हुआ, अउर हम दउड़ती फिर रही थी, उस समय देवरजी से मुलाकात भयी थी।”

“वे क्या बगल की कोठरी में हैं?”

“हाँ, जब कलकत्ता में होते हैं, तो आते हैं, रह भी जाते हैं। इस बार भी कई दिनों से यहीं हैं।”

अतसी को उठना नहीं पड़ा। काले रंग का, मामूल चेहरेवाला एक अधेड़ शख़्स सामने आ खड़ा हुआ।

बेहद धीमी आवाज़ में उसने पुकारा, “भउजी!”

“देवरजी, बीनू'दा को इस मामले में रखकर क्या होगा? आप इन्हें बड़ी सड़क तक पहुँचा नहीं सकते? वे यहाँ रुककर क्या करेंगे?”

वह शख़्स खूब शान्त या साहसी नहीं था। कम से कम वह उत्तेजित नहीं था।

उसने धीमे से कहा, “संझा होने वाली है। अब बाहर नहीं निकला जा सकता।”

“माना ख़बर दे सकेगा?”

“दे तो ज़रूर देगा। लेकिन कहीं उसे न रोक लें।”

“हाँ, सो तो सच है।”

“ये क्या आज ही आये हैं?”

विनय पूछ बैठे, “मामला क्या है, बताएँ तो?”

“बताता हूँ! भउजी, आप उस कोठरी में जाएँ।”

"जाती हूँ।"

शाम का अँधेरा झट से उतर आता है। लैम्पपोस्ट घर के सामने ही मौजूद था। उसकी रोशनी आँगन में तुलसी के पौधे पर पड़ रही थी।

"मैं भजन का बेनू काका हूँ।"

"ओऽ!"

"आप यहाँ बहुत बुरे दिन आये हैं। मुश्किल यह आ पड़ी है कि आपको बड़ी सड़क तक पहुँचा आऊँ, फिलहाल यह असम्भव है। इसके अलावा आप सम्मानित मेहमान हैं, उस पर से पहली बार इस घर में आये हैं और आपको थोड़ी-सी चाय पिलाऊँ, यह भी सम्भव नहीं है।"

"मामला क्या है, बताएँ तो?"

बेनू ने एक बीड़ी सुलगा ली और पूछा, "आपको चलेगी?"

"लाइए, दीजिए! थोड़ा पानी मिल जाता, तो..."

"ले आता हूँ।"

उस आदमी के लिए, इस घर का ओना-कोना जाना-पहचाना हुआ था। वह उठकर पानी ले आया। ढकढकाकर पानी पीते हुए, विनय को अहसास हुआ कि उन्हें कितनी तीखी प्यास लगी हुई थी। गिलास रखकर, उन्होंने बीड़ी सुलगा ली। पिछले काफी लम्बे अर्से से उन्होंने बीड़ी नहीं पी। अब तो उन्होंने सिगरेट पीना भी काफी कम कर दिया था, फिर भी उन्हें अच्छा लगता था।

"खुशबूदार बीड़ी है?"

"हाँ, ये बीड़िया विदेश भेजी जाती हैं।"

"बीड़ियाँ भी जाती हैं?"

"चावल-चीनी-सिल्क-सूती कपड़े, चिंगड़ी मछली-काजू-बीड़ी-हस्तशिल्प—हमारे देश में तो सबकुछ उधार के हैं।"

वह आदमी काफी सचेतन और चोट खाया हुआ था। लेकिन उसने अपना अंग-अंग काफी सतर्क और सजग रखा है। वह जाने क्या सुनने की कोशिश कर रहा था।

"क्या मामला है?"

उस आदमी की आवाज़ काफी धीमी और बेहद सूखी हुई थी, "मामला? मामला कुछ भी नहीं है। भजन को तो आपने देखा है।"

"अतसी का बेटा?"

"हाँ! भजन को आज वह मुँहजले गणेश का गैंग मारने आ सकता है। वे लोग उसे खोज रहे हैं। भजन इसी घर में है। यही है मामला!"

"भजन को मारने आ रहे हैं? लेकिन क्यों?"

बाज़ार में जैसे आलू-परवल का दर बता रहा हो, ऐसे निस्पृह लहजे में बेनू ने कहा, "करीब चार दिन पहले, उन लोगों के गिरोह के एक आदमी का खून हो गया। उन लोगों का ख़याल है कि वह खून भजन ने किया है। इसलिए उसे खोज रहे हैं।"

"किसे? भजन को?"

कितने दिनों पहले भजन उनके यहाँ आखिरी बार गया था? डेढ़ बरस पहले? दो बरस? उन दिनों तो वह दुःखी, मार खाया हुआ, दुःखी-हताश मानस था। इतने-से समय में ऐसा क्या घट गया कि मुँहजले गणेश का गिरोह उसे ढूँढ़ रहा है?

"भजन को खोज रहा है?"

अगर यह एक असम्भव परिस्थिति न हो, तो कौन-सी परिस्थिति को असम्भव त्रिशंकु की परिस्थिति कही जाएगी? हत्यारे का इन्तज़ार करते हुए, सम्भाव्य शिकार को कैसा लगता है? वह क्या निर्वेद निर्लिप्ति में भला पड़ा रह सकता है? हेमिंग्वे की एक अच्छी-सी कहानी है। लेकिन, ज़िन्दगी भला कैसे किस्से-कहानी के बँधे-बँधाये नक्शे मुताबिक चल सकती है? ज़िन्दगी का तकाजा और तरह का होता है। इस पल भजन को कैसा अहसास हो रहा होगा, सैकड़ों कोशिशों के बावजूद विनय समझ नहीं सकते थे।

"भउजी की हालत ही..."

"हाँ, मेरी समझ में आ रहा है।"

"समझ रहे हैं?"

"हाँ, अलबत् समझ रहा हूँ।"

"लेकिन, मेरी समझ में नहीं आ रहा है। भउजी को कैसा लग रहा है, यह समझते हुए भी, सारा कुछ उनकी तरह समझ नहीं आ रहा है। भजन अगर कहीं घर न आ पहुँचता...।"

ना! बेनू कोई व्यंग्य या टहोका मार-मारकर बातें नहीं कर रहा था,

"भजन को रुपये-पैसे मिल रहे थे?"

"हाँ! कभी-कभार! इसी बात को लेकर माँ-बेटे में भयंकर अशान्ति चल ही रही थी। लेकिन मैंने कहा न, गणेश का दाहिना हाथ, पाटू, चार दिन पहले ही खून हो गया।"

"खून भजन ने किया?"

"ना! दोनों दलों में जबर्दस्त बमबाज़ी हुई। दोनों तरफ से बम बरसाये गये। पाटू की मौत से गणेश, पगलाया कुत्ता बना घूम रहा है। डिस्को के दल के सभी लोग तो छिप गये हैं। भजन के पाँव में बम का टुकड़ा धँस गया था। वह भाग नहीं सका, घर चला आया।"

"भजन को ही मारेंगे?"

"हाँ! वही तो सुन रहा हूँ।"

"लेकिन, उसने तो खून किया नहीं?"

"तो क्या?"

"फिर उसकी हत्या क्यों करेंगे?"

"उसने हत्या नहीं की, यह बात मुँहजला गणेश बखूबी जानता है। मस्तानों के गैंग में हर कोई खून नहीं कर सकता। लेकिन, गणेश उसका खून कराएगा ही कराएगा, इसकी वजह यह है कि एकमात्र वही हाथ आया है। अगर उसका खून कर देता, तो भजन घर नहीं आता, यह बात गणेश जानता था।"

"लेकिन आप यह क्या कह रहे हैं? वह हाथ आ गया है, इसलिए उसे ही मार देंगे? यह क्या...यह क्या अलकायानो का अमेरिका है?"

"वही तो...अमेरिका में कब, क्या हुआ, आज वहाँ क्या होता है, उसे ही आप ध्रुव सत्य मानकर बैठे हैं। आपका देश ही भला कौन-सा कम है? कलकत्ते में हरदम क्या किराये के खूनी-हत्यारे लाये नहीं जा रहे हैं? मुहल्ले-मुहल्ले में क्या मस्तान-राज नहीं चल रहा है?"

"फिर भी..."

"सुनिए, जो वास्तविकता है, उसे खुली आँखों से देखें। भजन का खून करने की और एक वजह यह है कि भजन डिस्को के गिरोह का लड़का है। उसने पाटू को मारा हो या न मारा हो, भजन को मारकर ही गणेश अपने दल में अपना चेहरा बचा पाएगा।"

"वर्ना...?"

"भई, इन लोगों में भी दल-त्याग का मामला है। ये जो खिलाड़ी या राजनीतिक होते हैं, जैसे वे लोग दल-बदलते हैं, ये लोग भी अपना दल बदल लेते हैं।"

"ये मुँहजले गणेश, डिस्को, पुलिस इन लोगों को नहीं पकड़ सकती?"

"पकड़ने से फ़ायदा क्या है? बम्बइया फिल्मों की तरह बन्दूक की फाइट, उसके बाद, पुलिस जीत गयी, मस्तान हार गये, ऐसा वास्तविकता में तो होता नहीं। सामने तो गन-फाइट करते हैं! पुलिस मरने का जोखिम क्यों उठाएगी?"

"लेकिन आम नागरिक क्या करे?"

"देखिए, समाज के एक स्तर पर, नागरिक, इनके हाथों से सुरक्षित रहते हैं। अब, समाज के और ऊपरी स्तरों पर नज़र डालें। आजकल धनी लोग बदली के जरिये कारखाने चला रहे हैं। यह बदली लाते हैं। ठेकेदारों के मस्तान लोग! मस्तान-गुण्डे, अब सभी जगहों में आ घुसे हैं।"

"हाँ, यह सच है! बिल्कुल सच!"

"मस्तानों का मामला सभी ने मान लिया है। मुँहजला गणेश या डिस्को पकड़े गये, तो उन लोगों की खाली जगह भर ही जाएगी। दूसरी बात यह कि किसी को उन लोगों को मारना नहीं पड़ता। वे लोग आपस में ही फाइट करके मर जाते हैं।"

"आम आदमी तो मुसीबत में फँस जाता है न!"

"आम आदमी हमेशा ही मुसीबत में होता है, विनय बाबू! लेकिन आप तो आम नागरिक नहीं हैं। इस वक्त सारी दुश्चिन्ता आपको ही लेकर है।"

"मैंने समझा नहीं था।"

"आपको समझना चाहिए था। आप अख़बार नहीं पढ़ते? यहाँ तो रह-रहकर ही ऐसा होता है। यही चलता रहता है।"

"उफ! इनसान जीता कैसे है!"

"लोगों ने इन सब हिंसा के साथ ही रहना-सहना सीख लिया है? किसी बात से कुछ नहीं होता, किसी की हालत अगर खूब खराब हो गयी, तो थोड़ी-बहुत हलचल मचाकर, अपनी भरसक प्रतिकार करने की कोशिश

करता है, बस, इतना ही! आप गाँव-देहात में तो जाते नहीं। वहाँ हमेशा ही, राम लोग, श्याम लोगों को, श्याम लोग, राम लोगों को मारते ही रहते हैं। इनसान इसी में जीने की कोशिश कर रहा है। लेकिन, अगर कहीं कुछ हो जाए, तो आपको बचाना चाहिए।"

"मैं अकेला जो हूँ।"

"ज़िन्दा रहना तो सबके लिए ज़रूरी है। लेकिन, कहीं, कुछ अप्रिय घट जाए, तो आपका नाम, ऐसे एक मामले से जुड़ा होना वांछनीय नहीं है। खासकर आपका परिवार तो आजकल..."

"बेहद विपर्यस्त है...यही न?"

"होने की तो बात ही है। अब, देखिए न, अन्य समाज में रहकर, अन्य जीवन जीते हुए भी, आप भी साँप का दंश खा गये। लोहे की बस में भी छेद होता है।"

"भजन का क्या होगा?"

"अगर बुरा ग्रह कट जाए, तो मैं उसे लेकर चला जाऊँगा। मैं जो करता हूँ, वही वह भी करेगा।"

"आप क्या करते हैं?"

"घूम-घूमकर किताबें बेचता हूँ।"

"अतसी यहाँ अकेली रहेगी?"

"क्यों? सुभाषग्राम में, मेरा एक घर है। वहाँ मेरी दीदी है, भांजे लोग हैं। वहीं मैं इन्हें भी बसा दूँगा। अतिशय खुली-खुली जगह है।"

"उस घर में सिर्फ भजन और अतसी?"

"हाँ, मना ने तो ख़बर दी नहीं!"

"यह मना कौन है?"

"बगल के पड़ोस का लड़का!"

"कहाँ तो गया था मना?"

"थाने!"

"पुलिस आयी, तो..."

"भजन को ले जाएगी।"

"ले जाएगी? कहाँ?"

"आप क्या ज़मीन पर कभी वास नहीं करेंगे? अरे, थाने ले जाएगी। पुलिस क्या उसे किसी शानदार होटल में ले जाएगी?"

"उसके बाद?"

"तब मैं उतरूँगा मैदान में।"

"क्या क़रेंगे?"

"देखूँगा कि वह किसी तरह अस्पताल पहुँच जाए।"

"केस होगा?"

"होता है, तो होने दो। कई दिन जेल में रहना पड़े, तो रहे। जेल में वह सुरक्षित तो रहेगा।। वहाँ जान का जोखिम तो नहीं है।"

"हाँ, यह तो है। उसके बाद, उसका क्या होगा?"

"मैं उसे अपने साथ ले जाऊँगा।"

"अगर आज कुछ नहीं हुआ, तो..."

"हाँ, अगर आज कुछ नहीं हुआ, तो!"

उसी वक्त जाने किसने तो फुसफुसाकर आवाज़ दी, "काका!"

बेनू उठकर आँगन की तरफ चला गया। प्राचीर की उस तरफ, पता नहीं किससे तो क्या बात की, पता नहीं क्या, उसे हाथों से लिया। उसके बाद, आँगन पार करके, अतसी के कमरे में चला गया।

वहाँ क्या हो रहा है, विनय की समझ में आ गया। वे यहाँ फँस गये हैं, अब यहाँ से निकलना मुश्किल है।

आज अगर उन पर यहाँ हमला हो और अगर उनकी हत्या हो जाए या अगर वे ज़ख़्मी हो जाएँ या बच ही जाएँ, तो इस ख़बर का व्यापक प्रचार होगा। बेटी के मर्मान्तक मौत से शोकार्त पिता द्वारा डिस्को नामक मस्तान के एक चेले की आविष्कार! सभी लोग छपे हुए हर्फों में देखेंगे। भयंकर बदनामी फैलेगी! कलंकारी मामला होगा।

विनय ने अचानक आविष्कार किया कि चूँकि वे विचलित हो रहे हैं; इसलिए अविचल बेनू से उन्हें हिंसा हो रही है। बेनू कैसे तो शान्त है। विनय को लगा कि आज की रात काल-रात्रि है! अगर कहीं काल-सूर्य उग आया, तो परम विस्मय का मामला होगा।

बेनू अपनी ही रौ में सोचता रहा कि इसके बाद क्या करना होगा। भजन को कैसे बचाया जाए।

बेनू लौट आया। हाथ में विचित्र-सी केतली!

"लीजिए, चाय पी लीजिए। मना की माँ ने भेजी है।"

"अतसी वगैरह?"

"वह क्या पीना चाहती है? जोर-जबर्दस्ती पिलाकर आ रहा हूँ! लीजिए, पीजिए, पीजिए! और कुछ तो जुटेगा नहीं।"

"मैं ज़रा बाहर जा सकता हूँ?"

"आँगन के उस कोने में चले जाएँ।"

"आपने कुछ सुना?

"कुछ नहीं हुआ तो थाना से कोई आएगा, ऐसा लगता नहीं! लेकिन, मना बता गया है कि डिस्को के लड़कों ने गली के नुक्कड़ पर बैरिकेड खड़ी कर दी है।"

"बैरिकेड खड़ी कर दी है?"

"हाँ, कई लड़के शायद भाग नहीं सके। थोड़ी देर पहले, उस चाय की दुकान के पीछे आ पहुँचे हैं।"

विनय ज़रूरी काम निपटा आये। बेनू ने आकर एक चटाई बिछा दी और कहा, "चाय पीकर लेट रहें। इश्श! आपको कितनी तकलीफ झेलनी पड़ रही है!"

"खैर, तकलीफ तो आपलोगों को भी..."

"देखिए, समाजविरोधी की माँ, उसका काका—इन लोगों को तो तकलीफ झेलनी ही पड़ेगी। पता नहीं, आपको क्या पड़ी थी, जो यहाँ आप आ पड़े?"

"हाँ, गलती हो गयी।"

"थाने में अगर बड़े बाबू होते..."

"कोई सुविधा होती?"

"वे किताबें थोड़ी-बहुत पढ़ते हैं। उन्हें सूचना भेजी जा सकती थी कि आप यहाँ आकर अटक गये हैं। आपको यहाँ से निकालकर ले जाना जरूरी है, तब वे कोई न कोई इन्तज़ाम जरूर करते।"

उनकी बात सुनकर विनय का मन अचानक प्रोत्साहित हो उठा। यानी

उपाय है। कलकत्ता में यह नग्न, युद्धमान चेहरा देखने का मौका पाकर वे उत्तेजित और चञ्चल हो उठे थे। उनकी वास्तविक बुद्धि और होशियारी गुम हो गयी थी। इस वक्त, जब किसी भी समय बमबाजी, चीत्कार और खूनाखूनी का काण्ड हो सकता है, उनकी अभ्यस्त होशियारी लौट आयी। तुम मशहूर हस्ती हो, विनय, बदनामी, कलंक से दूर रहो।

"मैं लिखकर दूँ? कोई अगर पत्र ले जा सके। तो मैं...।"

बेनू ने उनकी तरफ देखा। सड़क की रोशनी की वजह से आँगन में रोशनी की आभा! इस वक्त बेनू की दृष्टि बेहद अबूझ थी, लेकिन उनके होठों की कोरों में जैसे अनुकम्पा की रेखा। बात करते हुए गले की आवाज़ निर्लिप्त!

"पुलिस के बड़े कर्ताओं को ही लिख सकते हैं या फिर मन्त्रीगण को, या फिर..."

"चलो, रहने दो!"

"भजन का जो होना है, होता रहे! किसी एक सम्मानित नागरिक को बचाने के लिए क्या दौड़कर नहीं आएँगे?"

"मैंने क्या ऐसा कहा?"

"आपने सोचा यही है। लेकिन हर जगह एक बराबर नहीं होती, विनय बाबू! आप ऐसी एक जगह आ पड़े हैं, जहाँ पुलिस के ऊपरी महल से गहरी जान-पहचान होना, काफी शक़ की निगाहों से देखा जाता है।"

"लेकिन पुलिस अगर आ पड़ी, तो भजन भी बच सकता है, यह आप क्यों नहीं सोचते?"

"हाँ, आपने गलत नहीं कहा। लेकिन, मैंने कहा न, इस मुहल्ले के लड़के बड़े दफ़्तर की ओर रुख नहीं करेंगे। वैसे लड़के भी अभी कहाँ हैं? सभी तो इस वक्त व्यस्त हैं।"

"यह तो खूब मुश्किल हुई, समझ रहे हैं?"

"खू–ब!"

"घरवाले परेशान होंगे।"

"स्वाभाविक है!"

"मैं किसी को कुछ बताकर नहीं आया।"

"क्यों? छिपाने को क्या था?"

"बात यह नहीं है! यह बात नहीं है।"

"इस समय घर से निकलना ज़रूर सही नहीं था। कोई घर से निकलता है भला?"

"अब करूँ क्या?"

"यह बिल्कुल अचल अवस्था है, विनय बाबू! आपके लिए करने को कुछ भी नहीं है। फोन के जरिये, प्रभावशाली आत्मीय या मित्रों को जानकारी देकर सारी परिस्थितियों का समाधान नहीं किया जा सकता, विनय बाबू! जिन सब परिस्थितियों में ऐसा किया जाता है, वहाँ आप हुकुमदार होते हैं, परिस्थिति आपकी ताबेदार होती है। इस परिस्थिति में, परिस्थिति ही हुक्मदार है, मैं-आप ताबेदार हैं।"

"भजन भी वही है?"

"ना! भजन को तो आप यह परिस्थिति बताएँ, वह अभी भी कई-एक पेटो...मतलब बम लिए लेटा है।"

"क्यों?"

"इसलिए कि अगर वे लोग आ धमके, तो सोये-सोये न सही, अधलेटे हुए, वह लड़ेगा। चूहे की तरह खड्डे में दब-कुचलकर मरने को वह राज़ी नहीं है। लाश-काटनेवाले घर में वह स्वेच्छा से जानेवाला लड़का नहीं है—भजन!"

"गर्मी लग रही है।"

"लग ही सकती है। ऐसी हालत में आप कभी पड़े नहीं, लेकिन अधिकांश लोग तो ऐसी ही स्थिति में रहते-सहते हैं।"

"हुकुमदारों के ताबेदार होकर?"

"अलबत्! अभी हाल ही में चरण महापात्र की बेटी मर गयी। कुछ किया जा सका?"

"कौन? कौन मर गयी?"

"चरण महापात्र की बेटी! क्यों मर गयी, तुलसी ही जाने! बच्चा जन्म देते समय...!"

"ऐसा तो खैर होता ही रहता है।"

"वाह! कमाल का मन्तव्य है।"

"नहीं, नहीं, आप कहें..."

"चरण का घर डूलंग नदी के इस पार है। बरसात में वह नदी पार नहीं की जा सकती। उस पर पुल बननेवाला है...बन रहा है, अनन्तकाल से यह बात चल रही है। सरकार कोई सिर-दर्द नहीं है। रहे भी क्यों, बताएँ? डूलंग पार करके, पूरे सात मील का पैदल-रास्ता! इतनी दूरी पर जो लोग रहते-सहते हैं, वे लोग भला इनसान होते हैं?"

"यह जगह कहाँ है?"

"मेदिनीपुर में! बरखा की एक शाम, तुलसी अचानक घर के आँगन में पछाड़ें खाने लगीं। बैलगाड़ी में लादकर उसे नदी तक ले आया। वहाँ कोई नाव नहीं थी। वैसे नाव होती भी तो ऐसे तेज बहाव में आगे बढ़ पाती या नहीं। कौन जाने? नदी के उस पार, झर-झर बरखा में असहनीय पीड़ा में कराहती-छटपटाती और हाँफती तुलसी भगवान को प्यारी हो गयी।"

"इश्श्!"

"नद्दी के उस पार, ज़रा दूर तक चलते, तो स्वास्थ्य-केन्द्र के अस्पताल तक पहुँच जाते। बरखा का मौसम हो, तो डूलंग के इस पार, चाहे साँप डस ले या आग में जले मानस के इलाज का कोई उपाय नहीं है। हज़ारों-हज़ार लोग निरुपाय होते हैं। लेकिन, चरण ने क्या किया, मालूम?"

"आप ही बताएँ।"

"वैसे समय में चरण आखिर क्या कर सकता था?"

"अक्षय क्रोध और दुःख से पगला जाता।"

"हाँ, मन तो यही करता है।"

चरण ने खुद एक बीड़ी सुलगा ली, हमें भी बीड़ी थमा दी!

सुबह होते ही उसने अपने बेटे से कहा, "गाँववालों को ख़बर दे आ, उत्सव! सबलोग आ जाएँ! दाह-कार्य निपटाकर ही चलें। तोरी दीदी को घर ले जाकर क्या होगा?"

"वाह! ख़ासा ज़ोर है मन में!"

"मन का ज़ोर है, है या नहीं, पता नहीं! लेकिन स्थिति जब ऐसी ही बलवान है, तब वे लोग, मतलब चरण जैसे लोग, लाचार होकर कबूल कर लेते हैं।"

"हाँ, देश के अधिकांश लोग ही इन दिनों गरीब हैं, भीषण गरीब हैं।"

"लो, अब समझ गये न!"

"आप मज़ाक़ कर रहे हैं?"

"ना! आपसे भला मैं मज़ाक़ कर सकता हूँ? वो जो कहते हैं न, कहाँ राजा भोज, कहाँ गंगू तेली।"

"इन चरण लोगों से कभी किसी ज़माने में मेरी जान-पहचान थी। हाँ, किसी ज़माने में! मैं उन लोगों को पहचानता था।"

"मुमकिन है, आप न भी पहचानते हों। यह भी स्वाभाविक है। इनसान किसी परेशानी के अहसास से ही इनसान को जानना-पहचानना चाहता है। आप ऐसा कोई तकाजा तो अब महसूस नहीं करते।"

"यह भी सही बात नहीं है।"

"यह तो आप ही बेहतर जानते होंगे।"

"और आप? आप क्या करते हैं?"

"साहित्य बेचता हूँ।"

"साहित्य?"

"किताबें।"

"कैसी किताबें?"

"सभी बेस्ट-सेलर!"

"सभी?"

"सभी और चिरन्तन!"

"चिरन्तन?"

"हाँ, वे सारी किताबें बेहद ज़रूरी हैं और उनकी माँग ही इसके ज़रूरी होने का सबूत है।"

"कौन-सी किताबें हैं वे?"

"लता-पत्तों की खूबियाँ, गुण-दोष, घर-गृहस्थी की ताज़ी ओषधियाँ, कामाख्या तन्त्र, सहज-साध्य जड़ी-बूटियाँ! और कितने नाम सुनेंगे?"

"ये किताबें चलती भी हैं?"

"इस तरह की हिन्दी किताबें भी हैं?"

"मैं फिर पूछता हूँ, ये किताबें चलती भी हैं?"

"अलबत्! इतनी बिकती हैं कि मैं उनकी माँग पूरी नहीं कर पाता! हाँ, एक विराट इलाके में साक्षरता-प्रसार में भी मेरा अवदान कुछ कम नहीं है,

क्योंकि एक रुपये में, मैं बँगला, प्रथम भाग और द्वितीय भाग, वर्ण-परिचय, धारापात—ये चार-चार किताबें भी बेचता हूँ। आप यह भी मान सकते हैं कि मैं सेल्समैन के रूप में समाज-सेवा भी करता हूँ।"

"आपने मन ही मन यह तय कर लिया है कि भजन को आप इसी काम में लगाएँगे?"

"हाँ! अगर मुझे मौका मिला, तो..."

"इस काम में कोई भविष्य भी है?"

"अभी तो उसका वर्तमान ही विपन्न है।"

"नहीं, नहीं, उसके बाद...?"

"मुझे तो लगता है, इसी में उसका भला होगा।"

"अभी उसने समाज का एक सड़ा-गला, बदबूदार चेहरा ही देखा है। अब, गाँव-गाँव ज़रा घूमे! ज़रा और-और चेहरा भी देखे!"

"वहाँ क्या जीवन अधिक स्वस्थ है?"

"बिल्कुल भी नहीं। लेकिन यहाँ की तरह नहीं है चलने दें न! एक बड़े मानव-समाज में घुलने-मिलने दें न!"

"हाँ, यह भी सही है।"

अब जाकर विनय की समझ में आया कि यह रात जैसे भजन के लिए, उसी तरह उनके लिए भी, रात नहीं गुज़रनेवाली! अब, वहाँ बम फटेगा, गोलियाँ चलेंगी, ऐसिड बल्ब फेंके जाएँगे। और भी जाने कौन-सी तो बात, उन्हें बार-बार याद आ रही है, जैसे कोई बहुत ज़रूरी बात हो, फिर भी जाने क्यों तो उस बात को पकड़ नहीं पा रहे हैं।

अचानक जिस किसी इनसान की तरह ही उनके मन में आत्मचिन्ता प्रबल हो उठी। न्ना, इन लोगों के गृह-युद्ध में वे फँस नहीं सकते। उन्हें जीना होगा! ज़िन्दा रहना होगा।

अभी ढेर-ढेर काम बाकी हैं। वे सविता, भुवनेश्वरी, रमा, शुभ्र—सभी को चाहते हैं! कितने-कितने अर्से से सूबू से ही भेंट नहीं हुई। इश्श् कि तुच्छ लग रहा है। अपना इतने दिनों का मानसिक प्रतिरोध! अब, सूबू के बारे में उनके मन में कोई विरक्ति नहीं है। अनगिनत वजह से उनका ज़िन्दा रहना जरूरी है।

"अगर मैं अपनी जिम्मेदारी पर बाहर निकल जाऊँ, तो क्या आप लोगों को कोई आपत्ति होगी?"

"बचपना न करें।"

"मैं तो आप लोगों से अपनी ज़िम्मेदारी लेने को कह नहीं रहा हूँ।"

"चुप! चुप!"

विनय ख़ामोश हो गये। भजन की दबी-दबी, फिर भी हिसहिसाती हुई आवाज़ यहाँ तक तैर आयी, "मुवक्किल को धोबी-पिटान करने को मना करो, काकू! पता नहीं कहाँ से..."

अतसी ने जाने क्या तो कहा!

"रुको! रुको! ऐसा जालसाज़, इतर इनसान मैंने बहुत देखा है। ज्यादा टाँ-टूँ किया तो..."

अतसी उठ आयी। प्रबल उद्वेग और आतंक से, अब उससे भी झेला नहीं जा रहा था।

"बीनू'दा, तुम्हारे पैरों पड़ती हूँ। उन लोगों में से एक बन्दे का घर करीब ही है। इतनी ज़ोर-ज़ोर से बातें मत करो।"

"नहीं करूँगा! तुम जा सकती हो।"

"भजन की बातों का बुरा न मानना—"

"ना—"

विनय बेतरह क्रुद्ध हो उठे थे। मुवक्विल! जालसाज़! इतर! तीस पैसे का आदमी! समाज का जंजाल, वह उन्हें यह सब सुनाएगा?

बेनूगोपाल ने और एक बीड़ी सुलगा ली।

"सुबह होते ही चला जाऊँगा।"

"नहीं, अभी चले जाइए! मैं...मैं आपको निकाल रहा हूँ! चलिए!"

बेनू उनका हाथ पकड़कर खींचता रहा, "क्या हुआ? उठिए। चलिए, निकलिए!"

विनय समझ गये, बेनू बेतरह भड़क गया है। उन्होंने ज़ोर लगाकर अपना हाथ छुड़ा लिया। उनके कुर्ते की बाँह फँसकर चर्र-चर्र करके फट गयी। खादी प्रतिष्ठान का कीमती कुर्ता, रमा ने दिया था।

बेनू ने दोबारा कुछ नहीं कहा। वह गुम हो रहा!

उसका यूँ चुप रहना, बेहद असहनीय हो आया। घड़ी में कितने बजे थे, यह जानने का भी उपाय नहीं था। वे अपने घर में होते, तो अब तक वे नहा चुके होते, धोयी हुई उजली-धुली बनियान और पायजामा पहने होते, अपनी मेज़ के सामने बैठे होते। अचानक उन्हें याद आया कि बूबू के दोस्त-सहेलियाँ, किसी कार्यक्रम में बूबू के गाये हुए गीत से टेप किया गया नया कैसेट। आज शाम तक पहुँचा देना तय था।

विनय को पसीने में तर-ब-तर अपना बदन बेहद गन्दा लगने लगा। सविता के तय इन्तज़ाम में काफी लम्बे अर्से से विनय साबुन में धोये हुए, धूप में सुखाये हुए कपड़े-लत्ते पहनने के अभ्यस्त थे। जैसे उन्हें साबुन की श्वेत-शुभ्र झाग में नहाने का अभ्यास था। अपने बाहरी अंग साफ-सुथरा रखना बेहद ज़रूरी होता है।

सविता का इन्तज़ाम बेहद पक्का और निपुण था। ठीके की एक नौकरानी बर्तन माँजती थी, निचली मंजिल की सफाई करती थी। दूसरी नौकरानी कपड़े धोती थी और ऊपरी मंज़िल की साफ-सफाई करती थी। भुवनेश्वरी के कमरे के लिए अलग से नौकरानी नियुक्त थी। खाना पकाता था, पुराना महाराज—सुखलाल। वह सुबह ही दोनों जून का खाना पकाकर रख देता था और खुद दफ़्तर चला जाता था। वह राशन दफ़्तर में बैरे की नौकरी करता था।

यह कहा ज़रूर जाता था कि पुराना आदमी है। अभी तक मौजूद है, बस, यहीं तक!

लेकिन बिस्तर समेटना-बिछाना, धुले हुए कपड़े तहाना, अलग-अलग लोगों के अलग-अलग खाना गर्म करना, सब उसी का काम था।

ठीके के अन्य दो नौकरों का नाम विनय नहीं जानते थे। कहना होगा, भुवनेश्वरी की नौकरानी की तनख्वाह देवीश्वर ही देते थे। उसने तो अपनी माँ के जीते-जी, घर-किराये के छह सौ रुपये माँ के नाम ही कर दिये थे। अब तो शुभ्र और रमा भी कमाने लगे हैं, घर में रुपये लाने लगे हैं, विनय की भी अच्छी कमाई है यानी अब काफी आराम-आराम से चल रहा था। सुखलाल को कोई तनख्वाह नहीं दी जाती। वह यहाँ खाता है और रहता है। मुनुवा की माँ की तनख्वाह, पिछले बीस सालों में पचास तक पहुँच

गयी है। वैसे रमा, मुनुवा की माँ को बेराज हाथों से कपड़े-लत्ते भी देती है।

इतने सारे नौकर-नौकरानियों के होते हुए भी सविता को लेकर कोई गपशप, कोई अड्डेबाजी या झगड़ा-झमेला नहीं होता था।

सविता हर दिन सुबह-सुबह अपने हाथों से पूरे घर की झाड़-पोंछ करती थीं। उसके बाद बाकी समय वे गमलों के बगीचों के पीछे खर्च करती थीं। विनय को वे तमाम फूल, पत्ता-बहार—ये सब याद आते रहे। लेकिन यह बेनू क्यों ख़ामोश है? विनय ने क्या बेहद अशोभन आचरण किया था?

"बेनू बाबू!"

"शऽऽऽ! चुप!"

बेनू के शरीर में जैसे बिजली का करेण्ट लगा हो।

"क्या हुआ?"

"एकदम चुप!"

कहीं से, शब्दों का तूफान करीब आता जा रहा था। उल्लसित, उन्मत्त शब्दों का तूफान! हहराकर करीब आता जा रहा है...दौड़ता हुआ आ रहा है! कहीं बम फटने की आवाज़!

धड़ाम्-धड़ाम् खिड़की-दरवाज़े बन्द करने की आवाज़ें! यानी बहुतेरे लोगों ने खिड़की-दरवाज़े खोल रखे थे।

"बिल्कुल हिलें नहीं!" बेनू लगभग गरज उठा।

उसके बाद, वह दौड़ते हुए बगल के कमरे में गया। भीषण! भीषण शब्द! एक के बाद एक बम बरसते रहे। जाने किसकी तो आर्त, जानवर जैसी चीत्कार ऊपर उठते-उठते अचानक थम गयी, पता नहीं कैसा तो प्रलय हहरा उठा। उस प्रलय की आँधी, कहीं, करीब ही लग रही थी। माहौल में जली-जली-सी गन्ध तैरकर आती हुई!

भीषण भय से दिशाहारा विनय भी बगल के कमरे में दौड़ गये। भय! भीषण भय। इस कमरे में दीवारों के फाँक-फोकर से रोशनी झाँक रही थी। उस कमरे में यह नज़र आया कि भजन दीवार से पीठ टिकाये, अध-बैठा और अध-लेटा-सा, एक टाँग सीधे फैलाये हुए था और एक पाँव समेटे हुए!

अतसी कहाँ थी? अतसी? वह मुँह गड़ाये, मिट्टी की फर्श पर लेटी हुई! बेनू, भजन के पीछे था।

विनय चीखने ही वाले थे, "मैं बाहर जाऊँगा, मुझे बाहर जाने दो।"

ऐसे में सड़क की रोशनी 'दप्' से बुझ गयी। सब कुछ कालिया में घुलमिलकर काली हो आयी। विनय ने किवाड़ खोलने की कोशिश की। उनके सिर पर भारी-सा झाड़ू पड़ा। विनय की बन्द पलकों के अन्दर विविध रंगों का अनार फूट पड़ा और कुछेक क्षणों में गाढ़े-गाढ़े अँधेरे में विलीन हो गये।

अँधेरा! चारों ओर अँधेरा! सबकुछ अँधेरा!

विनय उसी अँधेरे की गोद में अपने को सुपुर्द करते हुए सोचते रहे—'इसी का नाम मृत्यु है।' उनकी आँखों से आँसू बह निकले।

युग-युगों के बाद विनय सेन के दिमाग़ में जाने कौन लोग तो तैरते फिरे और साथ ही साथ उन्हें ऐसा लगा कि किसी गाड़ी के झटकों का अहसास हो रहा है। मृत्यु के बाद, शव को गाड़ी में ले जाने का ही नियम है। लेकिन मृत व्यक्ति को क्या यह अहसास होता है?

विनय ने धीरे-धीरे आँखें खोलने की कोशिश की।

जाने कौन तो बोल उठा, "शुक्र है! वेरी नाइस राउंड-अप!"

"हाँ, कुछ दिनों के लिए निश्चिन्त!"

"बस, और कुछ दिन। उसके बाद, सबकुछ तोड़-फोड़ डाला जाए, तो जान बचे!"

ये कौन लोग बातें कर रहे हैं? इस वक्त विनय कहाँ हैं? विनय ने आँखें खोलीं। असहनीय कष्ट का अहसास हो आया। उन्होंने दोबारा आँखें मूँद लीं।

"होश आ गया है।"

"आ तो जाना चाहिए। मैंने बहुत ज़ोर से तो मारा नहीं था।" यह बेनू की आवाज़ थी।

विनय को सारी बातें याद आने लगीं। सा-री बातें! सिर में भीषण दर्द! फिर भी सबकुछ याद आ गया।

"ज़ोर से नहीं मारा था? लग रहा था, जैसे चॉप-कट झाड़ दिया।"

"हाँ, हाथ में अभी भी ज़ोर कायम है।" बेनू की आवाज़ में बाकायदा आत्मप्रशंसा थी।

"हाँ, तो अब? भजन चन्द्र, अब तुम्हारा क्या होगा? अच्छे-लायक बच्चे की तरह को-ऑपरेट करोगे न?"

"उसे बेनू ले जाएगा।" विनय ने बुदबुदाकर कहा। उनकी आवाज़ लटपटा रही थी! सिर में भयंकर दर्द!

"हाँ, जी, सर?"

विनय ने आँख खोलीं! सबकुछ गडमड! घुला-मिला! उनकी आँखों के सामने मानो किसी दानव जैसा चेहरा तैर गया। जाने किसने तो आँखों पर चश्मा चढ़ा दिया। दुःस्वप्न जैसा वह चेहरा, किसी पुलिस अफसर के आम चेहरे में बदल गया।

वे गाड़ी के अन्दर पायदान पर लेटे हुए थे! भजन, अतसी, बेनू–सभी गाड़ी की बेंच पर!

"मैं कहाँ जा रहा हूँ?"

"अस्पताल!"

"मैं घर जाऊँगा।"

"अस्पताल में दिखा लें, फिर ले जाएँ!" बेनू ने कहा।

पुलिस अफसर ने जवाब दिया, "जी-हाँ, अभी ही, तो हम आपको छोड़ नहीं सकते। वैसे बेनू बाबू ने सब बता दिया है। आप वहाँ महज अचानक आ पड़े थे। फिर भी..."

"फॉर्मलिटी? सिर्फ औपचारिकता?"

"यह भी थोड़ी-बहुत तो है ही!"

यानी बेनू ने उन्हें बचाने की ही कोशिश की थी। चलो, अब सही-सलामत घर पहुँच जाएँ, तो जान में जान आये। उसके बाद हर तरह से उन्हें यह कोशिश करनी होगी कि उनका नाम अख़बार में न आये। जयन्त को पकड़ना होगा। जयन्त को! अभी कल ही उन्होंने सोचा था कि अब, वे जयन्त के घर कभी नहीं जाएँगे। लेकिन, अब उन्हें लग रहा है कि ऐसा करना निपट ज़िद होगी।

यह भी एक किस्म की पराजय है! जयन्त ने बूबू के पति के पक्ष में बात की थी, इसीलिए उन्होंने उसकी तरफ से मुँह फेर लिया था। आज, इस नयी परिस्थिति में, उसी जयन्त की ज़रूरत पड़ गयी। कल का लिया हुआ फैसला आज खारिज करना पड़ा। यह कैसी अजब परिस्थिति है? विनय मानो अपनी अक्षमता से दुःखी हो आये। फटी-फटी आँखों से धार-धार आँसू डबडबा आये।

"चलो, ठीक है। वे ऊपरी महल से बात करेंगे। लेकिन पुलिस का यह आदमी? वह क्या 'विनय सेन' नाम के बाहरी चेहरे को साफ-सुथरा रखने के मामले को यथोचित अहमियत देगा?"

"हाँ, तो, साहब जी?"

"आप मुझसे कुछ कह रहे हैं?"

"मेरा नाम ज़रा..."

"नहीं, नहीं, आप फिक्र न करें। बस, एक बयान भर लूँगा।"

"इस वक्त...क्या सवेरा है?"

"हाँ!...छह बज रहे हैं!"

बेनू कह उठा, "आप लोग काफी समय से पहुँच गये, जो भी कहें–"

"हमें अगर पहले ख़बर मिल जाती..."

"वैसे ख़बर तो दी गयी थी।"

"वह तो मना, मनोज ने दी थी न?"

"जी-हाँ!"

"खैर, उस समय उतना...खैर, जो भी हो, वह तो सान्तरा बाबू के फोन करने पर..."

विनय ने सहमी हुई निगाहों से अतसी की तरफ देखा। ना, अतसी उनकी तरफ नहीं देख रही थी। भजन मुँह फेरे, पत्थर का बुत बना बैठा रहा। उसके पाँव के ज़ख़्म पर लत्ता लिपटा हुआ था। पाँव का तलवा फूलकर पिलपिला रहा था। उँगलियाँ भी मोटी-मोटी हो आयी थीं।

"इश्श्!"

भजन ने उनकी तरफ गहरी अनुकम्पा से देखा। विनय ने सिर हिलाया और आँख मूँद लीं। गाड़ी थम गयी।

जाहिर था कि प्राथमिक औपचारिकता पूरी हो चुकी थी। पुलिस लोगों ने भजन को स्ट्रेचर पर लिटा दिया और संग-संग चल पड़े। अतसी बेंच पर बैठी रही।

"आइए, विनय बाबू!"

विनय अन्दर चले आये। भजन को इमरजेंसी वार्ड ने निगल लिया। अब, विनय अपने घर वापस लौटने वाले थे। अब उन्हें अपने को लेकर

बेहद व्यस्त हो जाना पड़ेगा। पहली बार उन्हें अहसास हुआ कि अतसी से बातें करना ज़रूरी है!

"चलता हूँ, अतसी!"

अतसी ने उनकी तरफ नज़र उठाकर नहीं देखा।

"अगर...अगर कोई ज़रूरत पड़े, तो..."

इस बार अतसी ने ज़ोर-ज़ोर से सिर हिला दिया। उसने विनय को खारिज कर दिया। ना, अब उसे विनय की ज़रूरत नहीं पड़ेगी।

बेनू दूर खड़ा देखता रहा। उसके होठों पर वही अबूझ हँसी!

"चलता हूँ, बेनू बाबू!"

"नमस्कार!"

"आपके साथ..."

"जी, आप मुझसे बातें कर रहे हैं, यह आपकी महानुभवता है, क्योंकि मैंने ही तो आपको मारा था।"

"जी-हाँ! बिल्कुल ठीक!"

विनय नाराज़ थे...और ज्यादा नाराज़ होते जा रहे थे। इस बन्दे ने, पहले तो हाथ उठाया! मारा! इसके बाद भी इसे कोई पछतावा भी नहीं है।

"मारता नहीं, तो आपको चुप नहीं कराया जा सकता था और अगर आप बाहर निकल पड़ते, तो आपको बचाना मुश्किल था। कल पुलिस ने पैंतीस राउण्ड गोलियाँ बरसायी थीं।"

"उफ!"

"अब, आप जाएँ!"

विनय ईषत कुछ सोचते रहे।

अगले ही पल, उन्होंने लम्बी उसाँस भरकर कहा, "सारा कुछ इतना अवास्तविक लग रहा है..."

"जी-हाँ, कलकत्ता के उपन्यास में आप इस कलकत्ता को छोड़कर ही लिखिएगा।"

"आप...आप भजन को...इसके बाद भी...?"

"जी-हाँ, ले जाऊँगा। बहुत अच्छी जगह ले जाऊँगा।"

"कहाँ तो आपने बताया था... कौन-सा तो नाम लिया था।"

"शायद चन्दनवन गाँव में!"

"चन्दनवन?"

विनय ठिठककर खड़े हो गये। पलभर में बिजली के करेण्ट से सारा कुछ स्पष्ट हो गया। कल भी उन्हें बार-बार लगा था, मगर वे पकड़ नहीं पा रहे थे।

"आप...? आप ही वे..."

"जी-हाँ, मैं ही 'बज्रासना पुनर्मिलन समिति' के लिफाफे में आपको ख़त लिखा करता था। अब नहीं लिखूँगा। मैं अब दोबारा नहीं लिखूँगा। भउजी भी अब कोई आग्रह नहीं करेगी। आप निश्चिन्त हो सकते हैं।"

विनय सेन ज्यों के त्यों खड़े रहे! खड़े ही रहे। उन्हें तो गहरी राहत की साँस लेनी चाहिए थी, लेकिन जाने क्यों तो उन्हें लगा कि उनका कोई नुकसान हो गया। बहुत बड़ा नुकसान! बेनू, अतसी—ये सब मामूली लोग, उन्हें खारिज किये दे रहे हैं, इसके लिए उन्हें शून्यता का अहसास क्यों हो रहा है?

"टैक्सी!"

अस्पताल के सामने टैक्सी मिल जाती है। शुक्र है कि मिल जाती है।

घर! अब, घर! ना। विनय किसी हाल भी, सीधे-सीधे नग्न वास्तविकता को स्वीकार नहीं कर पाएँगे। अब वे और कुछ भी झेल नहीं पाएँगे। कल के तजुर्बे ने उन्हें समझा दिया है कि उनकी क्षमता की दौड़ कितनी दूर तक है। बेहद दुःख, बेहद ग्लानि! बेहद शून्यता! इससे पहले, विनय अपने को पहचानते ही नहीं थे।

टैक्सी घर तक नहीं पहुँच पायी। घर के सामने तीन-तीन गाड़ियाँ खड़ी थीं। क्यों? इतनी गाड़ियाँ क्यों? किसे क्या हो गया? दोबारा ऐसा क्या हो गया? सिर-दर्द भूलकर यथासम्भव तेज़-तेज़ चाल में विनय आगे बढ़े। उनके कुर्ते की बाँह का ऊपरी हिस्सा फटा हुआ था! बाल अस्त-व्यस्त! चेहरा सियाह पड़ गया था।

बाहरी कमरे का दरवाज़ा खुला हुआ था। लोग! ढेर-ढेर लोग! देवेश्वर शुभ्र का साला, बिजली, रमा, सविता और कौन-कौन? और भी बहुत सारे लोग।

"बापी...!"